La mariée envolée

AMANDA CINELLI

La mariée envolée

Traduction française de
LOUISE LAMBERSON

AZUR
HARLEQUIN

Collection : Azur

Titre original :
STOLEN IN HER WEDDING GOWN

HARPERCOLLINS FRANCE
83-85, boulevard Vincent-Auriol, 75646 PARIS CEDEX 13
Service Lectrices — Tél. : 01 45 82 47 47 - www.harlequin.fr
ISBN 978-2-2804-9809-8 — ISSN 0993-4448

Composé et édité par HarperCollins France.
Imprimé en décembre 2023 par CPI Black Print (Barcelone)
en utilisant 100% d'électricité renouvelable.
Dépôt légal : janvier 2024.

FSC www.fsc.org
MIXTE
Papier issu de sources responsables
FSC® C159065

Pour limiter l'empreinte environnementale de ses livres, HarperCollins France s'engage à n'utiliser que du papier fabriqué à partir de bois provenant de forêts gérées durablement et de manière responsable.

1

Eros souleva son verre d'ouzo et porta un toast silencieux au ciel nocturne qui s'étalait au-dessus de la terrasse de son appartement. Sa mère se tenait à ses côtés, la mine sombre et le regard perdu dans le vide.

— Je ne m'attendais pas à te voir en veuve éplorée, dit-il en reposant son verre sur la table.

— Je n'étais peut-être pas sa femme légitime... mais je l'aimais.

Arista soupira et se tourna vers lui.

— Je suis restée auprès de lui jusqu'à la fin.

Le simple fait d'imaginer sa mère jouant les infirmières et cédant jusqu'au bout aux caprices de cet homme, ulcéra Eros. Arista Theodorou était connue pour deux choses : sa brillante carrière de conseillère juridique travaillant pour l'élite internationale et sa relation calamiteuse, et intermittente, avec Zeus Mytikas.

— Ce salaud a toujours su te manipuler, rétorqua-t-il.

Il serra les poings malgré lui tandis que le vieux gouffre obscur menaçait de se rouvrir – les ténèbres où guettaient le ressentiment et la haine qu'Eros avait appris depuis longtemps à garder enfouis en lui.

— Tu n'es pas venu à la cérémonie d'adieux, dit Arista d'un ton réprobateur.

Tirant toujours les ficelles depuis sa tombe, Mytikas avait demandé que son corps soit rapatrié dans son pays natal.

Durant la semaine passée, toute la capitale avait paru pleurer la disparition de l'un de ses ex-citoyens les plus puissants.

— Si j'avais voulu aller au spectacle, j'aurais choisi le cirque, répliqua Eros avec dégoût.

— Il était ton père.

Arista lui posa la main sur l'avant-bras, geste affectueux rarissime de sa part qu'il se permit de savourer un instant avant d'écarter calmement, mais fermement, la main fraîche.

— Non. Cet homme n'était *pas* mon père.

Ses paroles restèrent en suspens entre eux. Puis, comme il s'y attendait, elle détourna les yeux.

— Pourquoi es-tu venue, mère ?

— Nos emplois du temps ne nous conduisent pas souvent à nous trouver dans la même ville en même temps... J'ai pensé que nous pourrions dîner ensemble... Parler.

— Dis-moi la vérité.

Arista avait *toujours* une idée derrière la tête.

— Très bien.

Quand elle le regarda, il n'y avait plus la moindre trace de gentillesse dans ses yeux gris.

— Nous devons discuter de questions importantes.

— Sois brève. Je suis attendu dans une demi-heure.

— Bien sûr. Tu parles de son penchant pour la bagatelle, mais...

— Si tu termines cette phrase, tu connais le chemin de la sortie, mère.

— Ce n'était pas une critique, se défendit Arista.

— À la différence de ton cher Zeus, je respecte les femmes que je fréquente, figure-toi. Elles sont tout à fait conscientes que je ne fais pas dans le long terme, aussi n'y a-t-il ni malentendus, ni reproches, ni accusations. Cela s'appelle « communiquer », mère, tu devrais t'y essayer.

— Serais-tu arrogant au point de croire que tu n'as brisé le cœur d'aucune femme parce que tu les avais prévenues de ne pas te le donner ? répliqua Arista avec hauteur.

Tout en parlant, elle sortit un fin dossier noir de son sac de créateur et l'ouvrit.

— Qu'est-ce que c'est ? demanda Eros en voyant qu'il contenait des documents officiels.

— Le dernier testament de Zeus.

Il se força à rester immobile pour dominer la violence qui montait en lui et menaçait d'exploser.

— Tu plaisantes, je suppose, dit-il d'un ton cynique. Après ses tentatives de détruire mon entreprise, après les menaces...

Bouillant de rage, il s'efforça de se concentrer sur le panorama qui s'étendait jusqu'à l'Acropole. Il entendit Arista pousser un soupir et s'asseoir à côté de lui. Ses cheveux avaient la même nuance de blond foncé que les siens, ce dont Eros s'était toujours réjoui. Cela faisait une différence de plus entre lui et les membres de la puissante famille Mytikas. On ne le prenait pas facilement pour l'un des leurs, en dépit des yeux bleus hérités de celui qui avait contribué, au strict minimum, à sa conception.

Eros s'appuya au dossier de sa chaise et posa les talons sur la table.

— Laisse-moi deviner : il a changé d'avis et décidé de me léguer tout son empire, sans rien laisser à ses autres bâtards ?

Sa mère se raidit.

— Ce n'est pas aussi simple. Il y a une condition...

— Regarde autour de toi, l'interrompit Eros.

Tournant les yeux vers la baie vitrée grande ouverte, il désigna d'un geste l'immense salon de l'appartement situé au dernier étage de l'immeuble dont il était propriétaire, en plein cœur de l'un des quartiers les plus huppés d'Athènes.

— Pourquoi voudrais-je de son empire délétère alors que j'ai construit le mien ? Je n'ai pas à me plier à ses desiderata.

Sans compter qu'il n'était que le deuxième des trois fils que Zeus avait bien voulu reconnaître. Le visage de Xander apparut dans son esprit. Eros le chassa aussitôt. Son traître de demi-frère avait montré clairement à qui allait sa loyauté en prenant le nom de son père et en jouant les fils prodigues.

Quant au troisième et plus jeune membre du joyeux trio, et par ailleurs héritier de l'une des plus anciennes dynasties d'Italie, Nysio Bachetti, il avait veillé à ce que personne ne puisse faire le lien entre le nom de sa puissante famille et celui de son géniteur.

— Cette condition… Elle s'applique à tous les trois ? Comment ont réagi les autres ?

Arista secoua de nouveau la tête.

— L'Italien n'a même pas répondu à mes appels. Il ne prendra pas le risque que le lien entre Zeus et lui soit rendu public. Mais Xander savait depuis longtemps ce qu'il avait à perdre si Zeus venait à changer d'avis… principalement son statut d'actionnaire majoritaire et son poste de P-DG.

Eros prit les documents des mains de sa mère et lut le passage surligné.

> *« Le premier qui se mariera et restera marié pendant une année héritera de tous mes biens. »*

Les mots s'infiltrèrent en lui comme du poison. Se marier ? Il avait tourné le dos aux principes arriérés de Zeus, à son contrôle, mais il devait reconnaître que cette tentative de mariage forcé venant d'outre-tombe relevait de l'exploit.

— Xander est au courant, alors ?

— Oui… et il est déjà fiancé. Aucune annonce dans la presse, ni de fiançailles publiques, tout a été organisé dans le plus grand secret.

— Mais voyons…, murmura Eros en continuant de parcourir les documents.

Le testament était très clair : celui des trois fils illégitimes engendrés par Zeus qui se marierait le premier et remplirait la condition hériterait de tout.

Ses tempes se mirent à bourdonner.

— Eros, ne vois-tu pas que Xander se comporte déjà

comme s'il avait gagné ? Lors de la dernière réunion du conseil d'administration, nous avons parlé presque exclusivement de son projet de purger l'entreprise de tout superflu. Il a dit clairement que mon poste faisait partie de cette catégorie, acheva Arista d'une voix glaciale.

— Cette conversation est aussi absurde que futile, décréta Eros. Tu sais très bien que je ne me marierai jamais.

— Pas même pour contrarier Xander ? Je dois conserver le contrôle de Mytikas et, pour ce faire, mon fils doit prendre les rênes de l'empire. Tu le comprends, n'est-ce pas ?

L'expression d'Arista se radoucit, mais il la connaissait trop bien pour ne pas savoir que cela faisait partie de sa stratégie. Il en allait toujours ainsi avec Arista. Elle était une femme puissante mais il l'avait souvent vue recourir aux subterfuges du théâtre. Elle promettait la lune, avant de disparaître aussitôt après avoir obtenu ce qu'elle désirait.

Eros repensa au seul homme qui l'avait aimée et qu'elle avait manipulé sans vergogne. Son beau-père, un homme fier dont le seul désir avait été de mener une vie de famille simple et qui était mort en espérant encore qu'Arista puisse changer. Autrefois, Eros l'avait espéré lui aussi.

Il se tourna vers le ciel parsemé d'étoiles en s'efforçant d'empêcher son esprit de dériver. Après avoir passé des années à lutter contre le bégaiement qui avait affecté son enfance, il était hyper conscient des moments susceptibles de provoquer une rechute. Serrant les mâchoires, il inspira puis expira lentement avant de répondre à sa mère.

— Qu'attends-tu de moi ? Que je déboule à l'église et m'oppose à ce mariage ? Tu peux le faire toi-même, non ?

— Ce serait trop risqué, dans ma position. Tu le sais. En outre… Si nous voulons nous assurer que ce mariage n'aboutisse pas, il ne suffit pas d'empêcher la cérémonie.

— Ah… Je vois. Tu n'as pas seulement besoin de mon aide, mère. Il te faut ma réputation.

— J'ai besoin que cette fiancée devienne subitement, et

irrévocablement, impossible à marier. Cela me laissera au moins le temps de contester le testament. Si tu n'es pas disposé à remplir la condition.

— Je dois avouer que la perspective d'anéantir les plans bien organisés de Xander est des plus tentantes, répliqua Eros en se passant la main sur la mâchoire.

— Tu le feras - oui, ou non ? lança brutalement Arista. Je désire seulement... que ton frère paie pour la façon dont il t'a trahi. Je ne veux pas qu'il gagne.

Ah... Elle s'impatientait, alors que pas une seule fois elle n'avait tenté de se battre pour son fils unique. Elle était toujours restée asservie à Zeus pendant qu'Eros ne disposait que de sa rage et de son amertume pour se forger une place dans le monde. Seul.

Chassant les souvenirs qui refaisaient surface, il se leva et prit les mains de sa mère. Une lueur d'espoir éclaira les yeux d'Arista. C'était vraiment pathétique de voir qu'elle commettait la même erreur que son cher amant. Comme lui, elle le croyait faible, mais elle se trompait tellement...

— Ne t'inquiète pas. J'empêcherai ce mariage.

— C'est vrai ? fit-elle, les yeux brillants. Et la mariée ?

— Considère dès à présent la question réglée, répondit Eros d'un ton neutre. Concentre-toi sur le testament. Je m'occupe du reste.

Un éclat métallique traversa les yeux gris.

— Cet arrangement doit rester entre nous. Si je réussis, j'aurai la maison des Hamptons et un siège au conseil d'administration, mais tout le reste sera à toi.

— Bien sûr, acquiesça Eros d'une voix soyeuse. T'ai-je jamais donné une raison de ne pas me faire confiance ?

Le regard de sa mère s'adoucit. Elle souleva son verre d'ouzo et le vida d'un trait.

Ce ne fut que lorsqu'il se retrouva seul sur sa terrasse qu'Eros s'autorisa l'ombre d'un sourire. Sortant son smartphone de sa poche, il entra le nom indiqué par sa mère dans le moteur de recherche.

Il avait souvent imaginé ce qu'il ferait s'il avait un jour l'opportunité de se venger de ceux qui lui avaient fait du mal, mais sans jamais envisager que cela puisse causer de dommages collatéraux. Il irait à New York et dynamiterait le complot de son frère, et dans quelques semaines Mytikas Holdings ne serait plus un objet de convoitise pour personne.

Parce qu'après avoir démantelé l'entreprise il la vendrait morceau par morceau.

Eros contempla de nouveau la photo s'affichant sur son écran et passa le bout du doigt sur l'image. Son grand frère s'était trouvé une jolie fiancée. Il se demanda si cette beauté savait dans quel univers elle s'apprêtait à pénétrer. Même si elle l'ignorait, il refusait d'éprouver ne serait-ce qu'une once de culpabilité. Ce n'était pas sa faute à lui si elle se retrouvait prise entre deux feux.

Dans cette famille, tous les coups étaient permis, en amour comme à la guerre.

– Mais qu'est-ce que tu fabriques ?

La voix de son amie fit sursauter Priya Davidson-Khan si violemment qu'elle renversa la pile de documents qu'elle s'apprêtait à examiner.

— Je voulais vérifier quelques détails.

Aria s'avança dans la pièce avant de s'arrêter en face d'elle en la dévisageant avec incrédulité.

— Tu ne crois pas que tu as mieux à faire ?

— « L'argent ne dort jamais », répliqua Priya en ramassant fébrilement les documents tombés sur le parquet.

Après une nouvelle nuit blanche, elle était venue vérifier encore une fois les derniers chiffres de l'entreprise qui serait bientôt à elle. Elle avait enclenché son plan d'action, rassemblé toutes les pièces nécessaires avant de pouvoir entrer enfin en possession de son héritage. Ne restait plus qu'à survivre aux prochaines heures...

— Laisse tomber les feuilles de calcul.

Les pieds de son amie apparurent dans sa vision périphérique tandis qu'elle ramassait d'autres feuilles de papier tombées en dessous du grand bureau en acajou.

Levant les yeux, Priya vit la robe rose poudré d'Aria puis la longue housse blanche que son amie tenait à la main.

— Si tu comptais t'enfuir à nouveau le jour de tes noces, tu aurais pu aller te réfugier dans un endroit plus glamour, ma chérie..., dit Aria avec un sourire bon enfant.

Priya déglutit avec effort. Sa meilleure amie ne voulait pas se montrer cruelle. Elles plaisantaient souvent sur ses premières fiançailles désastreuses et le scandale provoqué par sa fuite, quelques heures à peine avant la cérémonie. Elle s'était crue libérée de ce monde, de toutes ses attentes et de ses jeux de pouvoir. Refoulant la crainte qui l'envahissait, elle se leva et passa ses paumes moites sur son pantalon noir.

— Quelle heure est-il ?

— Un peu plus de 14 heures.

Aria alla fermer la double porte et revint vers elle, l'air inquiet.

— Tu es sûre que tu veux le faire ? Avec... lui ?

Priya songea à *lui* et eut envie de hurler que *non*, elle n'en était pas sûre. Xander Mytikas avait été un choix de dernière minute, le résultat d'une transaction menée par son oncle dans une tentative désespérée d'éviter la ruine. Sinon, où aurait-elle trouvé un mari temporaire disposé à se séparer d'une épouse fortunée sans rien demander en échange ?

Pour avoir dîné avec le puissant financier à plusieurs reprises la semaine précédente, elle savait qu'il avait ses propres raisons d'accepter ce marché, ce qui lui convenait parfaitement. Aucune attirance entre eux, aucun risque de complications. Alors pourquoi ce sentiment de suffocation à chaque fois qu'elle songeait à leur arrangement ?

Peut-être à cause de la double page qu'il avait déjà réservée pour annoncer publiquement leur mariage dès le lendemain. Elle imagina les gros titres et frémit. Mais qu'importait ce que l'on penserait d'elle, au fond. Qu'on la traite d'arriviste ou d'intrigante, personne ne soupçonnerait jamais la vérité qui se cachait derrière ce mariage précipité.

— Tu veux bien m'aider à l'enfiler ? demanda-t-elle le plus posément possible à son amie.

Priya inspira, expira, avant de lui prendre la housse des mains. Puis elle fit glisser la fermeture Éclair et retint son souffle devant la somptueuse robe blanche choisie par la styliste chargée de l'événement. C'était ainsi que Priya songeait à la chose jusqu'à cet instant, un événement lambda à cocher sur son agenda. Mais à présent, alors qu'elle effleurait la soie du bout des doigts, elle ressentit les premiers signes précurseurs de la panique.

En plus, le bustier ajusté l'empêchait de respirer.

Elle se tourna vers le miroir, aperçut la silhouette enveloppée de soie blanche, et se détourna aussitôt.

— Tu veux bien aller les rejoindre et leur dire que je serai un peu en retard ? demanda-t-elle en évitant toujours de croiser le regard de son amie. J'ai besoin de... d'un moment.

Aria la prit brièvement dans ses bras, entrouvrit les lèvres et les referma sans dire un mot. Après l'avoir dévisagée en fronçant les sourcils, elle s'éloigna et disparut en refermant la double porte derrière elle. Priya laissa échappa un soupir tremblant, puis embrassa du regard ce qui avait été autrefois le domaine de son père.

Le siège new-yorkais de Davidson Khan Financial était tout ce qui restait de l'empire international de naguère. Elle avait toujours aimé le magnifique immeuble ancien, ses hauts plafonds voûtés et ses vues imprenables sur l'Hudson.

Les jambes mal assurées, elle se rapprocha de l'une des fenêtres à guillotine et, comme autrefois, du temps où elle était une petite fille, elle posa les mains sur la vitre et écouta le bourdonnement de la ville, essayant de s'en servir comme bruit blanc pour étouffer le chaos qui régnait dans son esprit.

Au bout d'un long moment, elle se résigna à revenir sur ses pas et se dirigea vers l'ascenseur.

Les épaules et le dos raides, elle serra les poings le long de ses flancs pour se préparer mentalement à son retour dans l'enfer qu'elle avait fui pendant sept ans. La société new-yorkaise n'était tendre envers personne, encore moins envers une héritière qui l'avait publiquement rejetée...

Elle ne connaîtrait plus jamais la paix.

Petite fille, à l'époque où elle grandissait parmi l'élite de Long Island, elle avait imaginé le jour de son mariage avec ses amies. Une écharpe de soie en guise de voile et un bouquet de fleurs cueillies en douce dans le précieux jardin de maman, elle s'était vue en mariée de conte de fées, à l'image de ce qu'avait été sa mère parfaite et raffinée.

En réalité, il s'était avéré que cette mère était loin d'être parfaite, et qu'elle prodiguait son amour maternel à la condition que Priya fasse ce qu'elle lui demandait de faire et se plie aux règles auxquelles était soumise une héritière de la haute société.

Sept années durant, Priya s'était offert le luxe d'être elle-même. Mais une fois mariée...

Elle ferma les yeux et serra les paupières, s'efforça d'inspirer, mais ses tentatives ne servirent qu'à resserrer les liens qui se refermaient autour de sa cage thoracique.

L'ascenseur s'immobilisa. Les portes s'ouvrirent sur l'atrium désert, et une haute silhouette en costume noir se dressa devant elle, lui barrant le passage. Priya resta figée sur place, captivée malgré elle par les yeux bleu saphir ressortant sur le visage mince et altier. Elle n'utilisait pas si souvent le terme de « beauté » à propos d'un homme, mais aucun autre n'aurait pu qualifier l'inconnu qui se trouvait en face d'elle. Les cheveux blond foncé étaient coiffés en arrière avec style, et elle soupçonna que, dénoués, ils lui tombaient jusqu'aux épaules. Combiné à la barbe de deux jours entretenue avec soin, l'ensemble donnait à l'inconnu une allure dangereuse qui tranchait étrangement avec le sourire tranquille et affable.

À cet instant, le sourire glissa d'un côté, comme si le sublime inconnu avait lu dans ses pensées, et ce petit sourire en coin lui donna un air encore plus sexy.

— Vous devez être la mariée, dit-il d'une voix profonde nuancée d'un léger accent étranger.

Le cœur lui martelant les côtes, la gorge soudain sèche, Priya déglutit avec peine, avant de se ressaisir et de se rappeler qu'elle n'était plus une adolescente mais une jeune femme sûre d'elle qui allait se marier, en effet. Et si elle ne se dépêchait pas, elle serait *très* en retard.

— Ma robe m'aurait-elle trahie ? riposta-t-elle, le menton haut.

— Je crois que c'est plutôt l'aura d'excitation, répliqua-t-il sur le même ton.

Elle ignora délibérément la fossette qui se creusait au milieu de la joue de l'inconnu et se concentra sur la petite carte magnétique blanche qu'il tenait à la main – la carte que seuls possédaient les agents de sécurité et les chauffeurs.

— Je n'avais pas commandé de voiture, dit-elle en plissant le front. Xander a vraiment pensé à tout.

Un voile assombrit brièvement les yeux bleus, mais le sourire resta intact tandis qu'il ouvrait la porte donnant accès à la rue située à l'arrière de l'immeuble. Il se retourna et inclina la tête de côté.

— Avez-vous besoin d'aide pour la robe ?

— Je vais me débrouiller toute seule, fit-elle, crispée.

Pourquoi l'attention d'un étranger la désarçonnait-elle autant et lui paraissait-elle inappropriée ? Il était magnifique, mais elle avait rencontré quantité d'hommes magnifiques durant ces années où elle avait travaillé à l'étranger. Elle n'avait jamais cherché à se rapprocher d'aucun d'entre eux, mais elle les avait remarqués.

Et maintenant, alors qu'elle allait épouser l'un des hommes les plus puissants de New York, elle se laissait distraire par un chauffeur.

Quand ils s'avancèrent sur le trottoir, sous un fin crachin automnal, Priya fut soudain reconnaissante aux larges épaules de la protéger des regards curieux des passants tandis qu'elle suivait le chauffeur qui se dirigeait vers une longue limousine gris métallisé garée le long du trottoir. Mais lorsqu'elle essaya de se glisser gracieusement sur la banquette en cuir blanc, elle ne réussit qu'à s'y affaisser maladroitement. Comment les femmes étaient-elles censées se mouvoir librement dans ces créations de haute couture ridicules ? Cela dépassait son entendement. S'il n'avait tenu qu'à elle, elle aurait choisi une tenue bien plus fonctionnelle.

Sans faire aucun commentaire, le chauffeur se pencha et saisit délicatement la soie qui allait traîner sur le sol mouillé, avant de la lui glisser précautionneusement autour des chevilles. La vue de la tête penchée au-dessus de ses genoux fit naître de drôles de sensations en Priya, qu'elle attribua aussitôt à sa nervosité. Quand il se redressa enfin et referma la portière, elle put à nouveau respirer. Qu'est-ce qu'il lui avait pris de réagir ainsi, bon sang ?

Elle avait beau ne pas entretenir une relation amoureuse avec son fiancé, elle lui avait promis de jouer le rôle de la parfaite épouse. Durant un an, ils donneraient l'apparence du couple filant le parfait amour. Personnellement, Priya n'avait pas besoin que cet arrangement dure aussi longtemps, mais Xander avait insisté. Il n'y aurait ni scandale ni soupçons de mariage factice. Tout devait paraître réel.

Douze mois, ce n'était pas grand-chose, comparé au bénéfice qu'elle en retirerait : le déblocage de son héritage. Elle détestait cet univers, mais, y ayant grandi, elle jouerait facilement le rôle de la jeune mariée rougissante. Cela ne lui poserait aucun problème.

Fermant les yeux, elle se concentra sur sa respiration et

entendit le moteur vrombir, suivi du bruit d'une portière qui s'ouvrait et se refermait. Le véhicule se mit à rouler.

— Une coupe de champagne ?

La voix profonde au léger accent étranger interrompit le cours de ses pensées. Priya ouvrit brusquement les yeux et tressaillit en s'apercevant qu'elle n'était pas seule à l'arrière de la limousine.

— Mais qui conduit cette voiture ? s'exclama-t-elle, suffoquée.

— Le chauffeur, bien sûr.

Complètement décontenancée, elle regarda le mystérieux inconnu appuyer sur une touche. Deux coupes apparurent ainsi qu'une bouteille de champagne millésimé.

— Vous... Vous m'avez délibérément trompée.

Elle se redressa sur la banquette, horrifiée. Elle avait été si troublée qu'elle était partie sans prévenir son garde du corps.

— Je n'ai jamais dit que j'étais votre chauffeur, répliqua l'inconnu, une lueur amusée au fond des yeux.

— Qui êtes-vous et pourquoi êtes-vous ici ? demanda-t-elle d'un ton impérieux.

— Je suis ici pour vous parler, tout simplement.

Les mains à la peau hâlée firent sauter habilement le bouchon avant de verser le liquide doré dans les coupes.

— On m'a dit que je ressemblais à un ange déchu. Qui sait, je suis peut-être votre ange gardien, aujourd'hui.

Priya ignora la coupe qu'il lui tendait.

— Ce n'est pas une réponse.

Elle sortit son téléphone de sa pochette en soie et foudroya l'inconnu du regard.

— Vous avez dix secondes pour vous expliquer, sinon j'appelle la police.

— Que leur direz-vous, Priya ? fit-il d'une voix douce.

L'accent exotique semblait caresser chaque syllabe au moment où elles franchissaient ses lèvres.

— Quelles choses horribles imaginez-vous que je pourrais vous faire ? poursuivit-il. J'aimerais bien le savoir.

Un frisson la parcourut. Qui pouvait bien être cet homme et pourquoi tout ce qu'il disait résonnait-il à son oreille comme les chuchotements d'un amant ? Serrant les poings sur ses genoux, Priya s'efforça en vain de dissimuler le tremblement qui s'emparait soudain de son corps.

— Détendez-vous, princesse. Vous ne courez aucun danger avec moi.

Cette fois, une pointe de dureté avait coloré la voix profonde, comme s'il était agacé par sa réaction.

Sans détacher un seul instant son regard du sien, il tendit la main vers un petit bouton situé sur le panneau latéral.

— Vous reconnaissez Ennio, n'est-ce pas ?

L'écran les séparant du chauffeur s'éleva et la sensation d'oppression diminua un peu lorsque Priya reconnut le visage amical de l'homme qui se retournait brièvement vers elle. C'était le chauffeur, le vrai, qui était à sa disposition depuis quelques semaines. Mais avait-elle rêvé, ou une lueur coupable avait-elle traversé fugitivement son regard tandis qu'il lui adressait un petit geste de la main ?

L'écran redescendit, la laissant seule avec l'inconnu.

— Vous avez soudoyé mon chauffeur ?

— *Soudoyer*, quel mot affreux ! répliqua-t-il en allongeant le bras sur le haut de la banquette. Je préfère voir cela comme… l'octroi d'une prime.

— Qui êtes-vous ? demanda à nouveau Priya, le plus posément possible.

Pas facile, avec ces étincelles qui fusaient partout en elle.

— Dois-je comprendre que Xander ne vous a pas parlé de moi ? fit-il, l'air faussement blessé. Je vois que mon frère ne vous cache pas seulement le vrai motif de ce mariage. Vous avez de la chance que je sois là pour vous éclairer avant qu'il vous ait passé l'alliance au doigt.

Son *frère*. Priya entrouvrit les lèvres avant de les refermer aussitôt. Quiconque appartenant à la haute société new-yorkaise connaissait forcément le père de Xander et ses frasques notoires, mais l'homme qui sirotait tranquillement son champagne ne ressemblait en rien à son fiancé raffiné et sérieux. Xander était sombre et fin alors que l'inconnu à la peau hâlée avait une carrure d'athlète, presque de boxeur. Sa chemise entrouverte à l'encolure, ses longs cheveux aux reflets dorés auraient donné un air négligé à tout autre, mais chez lui...

La sensualité et la vitalité exsudaient littéralement de cet homme superbe, à tel point que Priya dut se forcer à détourner les yeux pour se rappeler ce qui était en jeu.

Xander avait d'autres motivations qu'il ne lui avait pas révélées, elle le savait, mais elle s'était assurée que leur contrat de mariage ne comporte aucune faille. Elle l'avait lu personnellement, tout était limpide. Sous contrôle.

— Vous êtes manifestement venu me faire une révélation, alors exprimez-vous, s'il vous plaît. Je suis déjà très en retard, dit-elle en lissant la soie sur ses cuisses.

— L'aimez-vous ?

— Vous... Cela ne vous regarde pas, déclara-t-elle sèchement, choquée par tant d'audace.

N'ayant manifestement pas obtenu la réponse qu'il attendait, il se contenta de froncer les sourcils et de boire une nouvelle gorgée de champagne.

— J'ai vu le contrat de mariage... Vous avez un beau petit programme. Banquets, réceptions mondaines... Vous semblez assez déterminée à soigner votre image, maintenant que vous avez réintégré la haute société.

— Vous ne me connaissez pas, rétorqua Priya, les mâchoires crispées.

— J'en sais suffisamment sur vous.

Il porta de nouveau sa coupe à ses lèvres et la vida d'un trait.

— Je sais par exemple qu'il suffirait d'une photo sordide avec moi pour que mon frère renonce à vous et à l'arrangement qui vous lie.

Horrifiée et choquée, Priya déglutit avec effort.

— Dans quel but pourriez-vous vouloir saboter notre mariage de façon aussi spectaculaire ?

— Oh ! mais je ne suis pas venu seulement pour saboter votre mariage, princesse...

Il se pencha vers elle, un sourire diabolique aux lèvres.

— Je suis venu vous détruire *personnellement*.

2

Subitement, Priya se rappela les paroles de Xander entendues par hasard, un soir qu'il discutait avec ses avocats des termes du contrat de mariage.

« Certains membres de ma famille pourraient poser un problème. »

Sur le moment, elle n'y avait pas accordé plus d'attention que cela. Mais maintenant...

— Vous devez être celui qu'ils ont éloigné. Eros...

En vérité, elle n'avait jamais entendu que des rumeurs au sujet d'Eros Theodorou, le puissant banquier d'affaires grec et par ailleurs magnat de l'immobilier, réputé pour son travail forcené et sa propension à profiter de la vie au maximum.

— Lui-même, acquiesça-t-il en inclinant légèrement la tête. Mais ils n'ont pas réussi à me rayer complètement de l'histoire familiale, semble-t-il.

— Non, hélas.

— Impressionnant..., fit-il en se penchant de nouveau en avant. Je sens presque votre désapprobation frémir dans l'air.

— Vous attendiez-vous à ce que je sois ravie d'avoir été enlevée le jour de mon mariage ?

— Un vrai mélodrame.

Il haussa les sourcils et se posa la main sur le cœur.

— Pour quelle raison aurais-je bien pu vouloir vous enlever ?

Ne sachant pas trop comment interpréter la situation,

Priya garda une expression impassible. Quelles que soient les motivations d'Eros Theodorou, elles n'étaient pas bonnes.

— Allez savoir, je désire peut-être vous conduire moi-même à votre beau fiancé, tout simplement, répondit-il d'un ton moqueur à sa propre question.

— Si c'était le cas, vous n'auriez pas eu besoin de cette petite mise en scène, répliqua Priya du tac au tac.

— Exact.

Il tendit sa coupe vers elle.

— J'admets que mes intentions ne sont pas aussi nobles. Mais je vous certifie que je n'ai aucunement besoin de vous enlever. Car je suis persuadé que lorsque vous connaîtrez la vérité qui se cache derrière cette union quelque peu soudaine, vous vous en éloignerez toute seule.

— Vous êtes méprisable.

— Croyez-le ou non, je représente le moindre de vos problèmes. Je suis venu vous prévenir que cette famille se nourrit de tromperies en tout genre.

— Vous pensez vraiment que je vais tenir compte d'un avertissement venant de *vous* ? rétorqua-t-elle avec hauteur. J'ai lu quelque part que vous aviez été surpris en train de vendre des secrets d'affaires.

— C'est ce qu'on raconte, répliqua-t-il avec un soupir las.

— Vous le niez ?

— Je ne sais ce qui m'amuse le plus, que les gens me prennent pour un criminel en col blanc ou qu'ils croient que j'aie pu me laisser prendre en flagrant délit.

— Cela vous amuse d'être précédé par votre réputation ?

— Et vous ?

Les yeux bleus prirent une nuance plus sombre tandis qu'il contemplait l'énorme diamant qu'elle portait au doigt.

— Mon frère sait-il ce qui s'est passé entre vous et le fiancé qui l'a précédé ?

Ces paroles l'atteignirent en pleine poitrine, avec une telle force que Priya eut du mal à garder sa contenance.

— Vous vous entraînez, ou c'est naturel chez vous d'être aussi offensif ?

— C'est l'un de mes nombreux talents.

Il plongea son regard dans le sien, la faisant frémir intérieurement.

— Venons-en au fait. Votre oncle vous a-t-il forcée à vous engager dans ce petit marchandage ou vous y êtes-vous engagée de votre plein gré ?

Les battements de son cœur s'accélérèrent.

— Pourquoi m'abaisserais-je à répondre à une question aussi ridicule ?

— J'ai fait mes recherches, mademoiselle Davidson-Khan.

Il inclina la tête de côté et la dévisagea tranquillement.

— Pour l'une des héritières les plus fortunées du pays, vous menez un train de vie plutôt modeste. Vous entrerez en possession de votre héritage dans trois ans, par conséquent, rien ne vous pousse à accepter ce marché. Votre oncle, en revanche...

D'un geste rapide et gracieux, il ouvrit l'étui d'une tablette électronique posée à côté de lui et la tourna vers elle.

Priya se pencha pour mieux voir les rangées de chiffres s'affichant sur l'écran en priant pour que ce ne soit pas vrai. En priant pour qu'Eros Theodorou bluffe.

Il ne bluffait pas.

— Comment avez-vous pu accéder à ces données ? demanda-t-elle, sous le choc.

— Disons que c'est un autre de mes talents : je traque les secrets que les puissants dissimulent soigneusement.

Il referma l'étui d'un coup sec, faisant sursauter Priya.

— Une société de gestion de patrimoine dont le P-DG croule sous les dettes, ça ferait un gros titre sensationnel, vous ne trouvez pas ?

— C'est donc de cela qu'il s'agit ? Vous êtes venu me faire chanter le jour de mon mariage ? lança-t-elle avec colère.

Eros Theodorou se contenta de la dévisager en silence, tout en suivant lentement le bord de sa coupe vide du bout de l'index.

— Je me demandais seulement pourquoi, après avoir attendu aussi longtemps pour hériter des parts de l'entreprise de votre père, vous aviez accepté de les céder.

— Je n'ai pas accepté de les céder.

— En êtes-vous certaine ? répliqua-t-il lentement.

Il sortit un dossier d'une mince serviette en cuir noir et le tendit vers elle. C'était le contrat signé par Priya quelques jours plus tôt. Mais à présent la signature de son oncle y figurait également, ainsi qu'un addenda. Xander Mytikas aspirait à une fusion d'entreprises… et Vikram la lui accordait.

Les yeux bleus l'observaient, la bouche sensuelle ne formait plus qu'un pli mince.

— Côté promesses, le bilan de mon frère est médiocre. Quant à votre oncle, il a déjà montré où allait sa loyauté.

Les pensées de Priya se mirent à tournoyer dans son esprit, échappant à tout contrôle. C'en était trop. Dès l'instant où elle avait accepté ce marché ridicule, elle l'avait regretté.

Elle n'avait pas à sauver son oncle. Mais pourrait-elle se pardonner d'avoir renoncé à ce qu'il restait de la chère entreprise de son père, de la voir tomber entre les mains de quelque grand groupe anonyme ? Elle s'était promis de développer les projets qu'il avait mis en œuvre dès qu'elle aurait accumulé assez d'expérience pour endosser ce rôle.

— J'ai déjà accepté ce marché. Par conséquent, même si tout ceci est vrai…

Priya secoua la tête. Elle étouffait, dans ces flots de soie.

— Je suppose que vous êtes venu me prévenir par pure bonté d'âme ?

— Bien sûr que non.

— Pourquoi, alors ? Pour vous venger ?

— Quelque chose comme cela, oui.

Le regard d'Eros Theodorou s'assombrit de nouveau, puis il tourna les yeux vers la vitre.

— Et pourquoi devrais-je avoir confiance en vous ?

— Vous ne devriez pas. Vu la fortune que vous êtes en passe d'hériter, vous ne devriez avoir confiance en personne.

— Qu'attendez-vous de moi, dans ce cas ? demanda Priya, de plus en plus déstabilisée.

Il tourna la tête vers elle et plongea son regard dans le sien.

— J'ai mieux à vous offrir. La liberté.

— Je suis libre. J'ai accepté librement cet arrangement, en toute lucidité. Je ne suis pas une damoiselle en détresse ayant besoin d'être secourue.

— Je ne suis pas venu vous secourir. Ma proposition est simple, répliqua-t-il d'une voix douce. Renoncez à ce mariage. Publiquement. Abandonnez mon frère et sa précieuse image... Et je rachèterai l'entreprise de votre père et vous la donnerai, sans contrepartie.

— La vengeance compte à ce point pour vous ?

— À cause de mon frère, j'ai été humilié publiquement et traîné dans la boue. Je n'aurais pas pu rêver d'une plus belle occasion de me venger.

Priya retint son souffle, fascinée malgré elle par le sombre sourire qui ne faisait qu'accentuer la beauté de la bouche aux lèvres pleines. Comment un homme aussi somptueux pouvait-il être par ailleurs aussi froid et calculateur ? Elle ferma brièvement les yeux. Comment avait-elle pu se retrouver dans cette situation, face à une telle tentation ?

Celui qu'elle avait accepté d'épouser avait une réputation de redoutable homme d'affaires, certes, mais rien, dans son comportement vis-à-vis d'elle, ne l'avait incitée à se méfier de lui. Quoique... Priya repensa à la façon dont Xander avait esquivé ses questions quand elle l'avait interrogé sur ses motivations. Il s'était contenté de dire qu'il avait besoin de se marier pour des raisons personnelles d'ordre juridique.

L'éventualité que Vikram ait manœuvré en douce pour aboutir à une fusion n'était pas si invraisemblable. En revanche, Xander avait paru si sincère quand il disait compatir à sa situation. Était-il possible qu'elle se soit trompée une fois de plus sur les intentions d'un homme qui affirmait avoir à cœur de défendre ses intérêts ?

Si elle annulait tout, il serait peut-être soulagé...

Priya se secoua mentalement, choquée par le tour égoïste que prenaient ses pensées. Non. Elle ne pouvait renoncer à cet arrangement, même si elle se retrouvait bien loin de sa zone de confort. La première chose à faire était de s'expliquer avec son fiancé.

La voiture s'arrêtant soudain, elle s'aperçut avec stupeur qu'ils étaient déjà arrivés devant la cour suprême de justice où allait avoir lieu le mariage. Eros l'observait en silence. Il attendait la réponse à sa proposition.

Il attendait qu'elle remette sa confiance et l'avenir de centaines d'employés entre les mains d'un étranger.

— Je... Je ne peux pas vous faire confiance. Je suis désolée.

Sans attendre son aide ou celle du chauffeur, Priya ouvrit la portière et, concentrant toutes ses forces dans l'effort que lui demandait le moindre mouvement, elle réussit à s'extirper du véhicule et à se redresser dignement. Le trottoir était désert, la haute bâtisse de pierre grise paraissait encore plus imposante sous les nuages couvrant le ciel.

Brusquement, un taxi s'arrêta dans un crissement de pneu à côté de la limousine et son garde du corps émergea de l'arrière du véhicule, l'air furieux. Elle frissonna et, se retournant, vit le regard d'Eros toujours concentré sur elle.

— Que ce soit bien clair, ma proposition expirera à l'instant même où vous vous éloignerez, dit-il lentement.

Priya recula d'un pas, lui tourna lentement le dos et entendit un petit rire sinistre résonner derrière elle. Elle frissonna de nouveau et s'avança vers les marches. Une seconde plus tard, elle entendit la portière se refermer avec un petit bruit mat.

Le garde du corps la rejoignit, l'air maintenant plus inquiet que furieux.

— Tout va bien, mademoiselle Davidson-Khan ?

— Oui, ne vous inquiétez pas.

Elle pinça les lèvres, furieuse contre elle-même. Elle était la reine des détails, elle ne faisait jamais le moindre faux pas. Et pourtant, il avait suffi d'un sourire charmeur pour qu'elle monte dans une voiture avec un inconnu.

Carrant les épaules, elle résista au désir de se retourner et commença à gravir les marches.

Ses pensées tournoyaient dans tous les sens, l'entraînant de plus en plus loin du calme qu'elle avait réussi à afficher ces jours derniers. La mer plate avait été déchaînée par l'ouragan qu'était Eros Theodorou.

Subitement, Priya regretta d'avoir éloigné Aria.

Elle était seule.

Son père était mort et sa mère se trouvait déjà à l'intérieur avec son oncle, aux aguets.

Elle ne vit les appareils photo braqués sur elle qu'après avoir été éblouie par un premier flash. Elle s'arrêta, sa robe formant une flaque blanche sur la pierre grise. Dans une sorte de ralenti terrifiant, une nuée de journalistes envahit la plate-forme située en haut des marches.

Priya resta pétrifiée sur place.

Continue d'avancer. Plus qu'une dizaine de marches à gravir avant de conclure cet arrangement et son héritage serait débloqué, le nom de sa famille épargné. Plus que quelques marches et elle aurait accompli son devoir envers son père. *Continue...*

Mais la terreur enflait dans sa poitrine, Priya avait l'impression d'être coincée sous l'eau et d'être entraînée vers le fond. Jetant un bref regard par-dessus son épaule, elle vit l'emplacement vide laissé par la limousine. Le sentiment d'être complètement seule intensifia sa panique. Ses poumons semblaient s'emplir d'eau. Il fallait qu'elle bouge. Qu'elle respire.

À cet instant, elle vit son oncle jouer des coudes pour se frayer un chemin parmi les paparazzi et les journalistes qui bloquaient le passage. Mais quand il voulut se diriger vers elle, Priya l'arrêta d'un geste.

— As-tu modifié le contrat de mariage ? demanda-t-elle d'une voix mal assurée.

Il la foudroya du regard.

— Ce n'est ni le moment ni le lieu de faire une scène, Priya, grommela-t-il. Viens avec moi.

Elle redescendit instinctivement une marche, au risque de s'emmêler les pieds dans sa robe et de tomber à la renverse.

— Alors même que je suis venue à ton secours, tu n'as pas pu t'en empêcher ? demanda-t-elle en secouant la tête.

— L'entreprise est perdue, de toute façon, lança-t-il entre ses dents.

Il tourna les yeux vers les photographes qui les mitraillaient.

— Et comme ça, tout le monde est gagnant.

— Comment as-tu pu oser…

Les jambes tremblantes, elle se détourna et redescendit les marches avec l'impression que des milliers de regards l'épiaient. Jetant un coup d'œil par-dessus son épaule, elle vit Xander apparaître derrière les journalistes et essayer en vain de forcer le barrage. Leurs regards se croisèrent, il haussa un sourcil interrogateur et Priya comprit qu'elle ne reviendrait pas en arrière.

Lentement, elle secoua la tête, tentant ainsi d'exprimer muettement ses excuses. Xander s'était laissé influencer par Vikram et avait pris une décision déplorable, mais personne ne méritait une telle humiliation publique.

Jamais elle n'aurait dû accepter ce mariage.

Une expression inquiète empreignit les traits de Xander. Comme s'il avait compris ce qu'elle s'apprêtait à faire. Elle le vit tenter de se frayer un passage parmi la foule mais n'attendit pas de voir s'il y parvenait et descendit les dernières marches.

Au moment où elle s'avançait rapidement sur le trottoir, la bruine se transforma en pluie soutenue. Priya fut vite trempée mais sans sa pochette de soie, perdue en route, elle ne pouvait même pas prendre un taxi. La réalité de sa condition la frappa soudain avec une telle force qu'elle retint un sanglot et se réfugia dans une rue étroite.

Alors qu'elle essayait de mettre de l'ordre dans ses pensées et de trouver une solution, une longue limousine gris métallisé apparut à l'autre extrémité de la rue avant de s'arrêter aussitôt. Une haute silhouette athlétique émergea du véhicule et se dressa sous la pluie.

Gagnée par un mélange de rage et de soulagement, Priya regarda Eros s'avancer vers elle de sa démarche féline.

— Vous êtes plus rapide que je ne l'avais prévu, dit-il en s'avançant vers elle.

Aucune expression de triomphe sur ses traits, aucun jugement. Mais elle détesta néanmoins son arrogance. Il avait été certain qu'elle s'enfuirait et l'avait retrouvée en un clin d'œil. Durant leur bref échange, il avait dit exactement ce qu'il fallait pour la persuader de rompre ce contrat funeste. Cette pensée redoubla la colère qui couvait en elle.

Confusément, Priya se sentit enveloppée dans un manteau de couleur sombre dont émanaient des effluves de menthe poivrée et de santal. Elle hésita, incapable de décider si, en acceptant l'aide d'Eros, elle acceptait aussi sa proposition. Elle leva les yeux vers lui et fut frappée par l'intensité de son regard.

Elle venait peut-être de renoncer à sa meilleure chance de débloquer son héritage et de sauver l'entreprise, mais si elle envisageait maintenant d'accepter l'aide d'un homme comme lui, elle avait carrément perdu l'esprit.

— Il faut que je m'en aille d'ici, dit-elle.

La pluie froide s'insinuait à travers le manteau. Trempée, la robe de mariée pesait un poids énorme, le bas était maculé de boue. Priya s'en fichait. En revanche, elle voulait qu'Eros comprenne que si elle avait renoncé à son mariage et s'apprêtait à monter à bord de sa limousine cela ne signifiait pas pour autant qu'elle lui faisait confiance.

Elle se le dit, se le répéta, tout en sachant qu'elle se mentait à elle-même.

— Votre sauvetage a un prix, déclara-t-il avec une pointe d'irritation dans la voix. Mais nous pouvons en discuter au sec et au chaud.

N'avait-il pas dit « sans contrepartie » ? songea-t-elle avec un regain de colère. Les hommes pensaient-ils tous qu'ils pouvaient changer les règles d'un claquement de doigts ?

Avant qu'elle ait pu répliquer, un bourdonnement de voix résonna derrière eux. Priya tourna la tête et fut aveuglée par un flash.

Elle entendit un juron, puis se retrouva juchée sur une épaule musclée en même temps qu'Eros s'avançait rapidement vers la limousine avant de la déposer sans cérémonie sur la banquette. La portière se referma aussitôt derrière elle.

Se tournant vers la vitre teintée, elle le vit foncer vers le petit groupe de photographes qui l'avaient poursuivie comme une meute de chiens excités. Les menaces qu'il leur lança furent étouffées par la vitre épaisse, mais manifestement efficaces car la meute battit derechef en retraite. La portière se rouvrit, Eros s'engouffra lestement dans le véhicule et s'assit à côté d'elle, emplissant tout l'espace.

Épuisée, Priya ferma les yeux et sentit que la voiture démarrait. Elle avait l'impression d'avoir couru un marathon, alors qu'il s'était écoulé environ cinq minutes depuis qu'elle était descendue de cette même limousine devant la cour suprême de justice.

Des frissons la parcoururent. Ses dents se mirent à claquer. Elle essaya d'inspirer et d'expirer lentement. En vain. Elle connaissait trop bien cette sensation. La crise de panique se rapprochait et rien ne pourrait l'arrêter. Priya se pencha en avant et laissa échapper une plainte tandis que sa respiration s'accélérait impitoyablement.

Pour ce qui était de sa capacité à réconforter les femmes, Eros devait bien admettre que son expérience se limitait à la chambre, après le plaisir. Mais réconforter une femme qu'il venait d'enlever le jour de son mariage, c'était autre chose.

Elle avait choisi elle-même de s'enfuir, se rappela-t-il. Peut-être qu'à force de se le répéter il parviendrait à croire que son plan initial n'avait pas commencé à changer dès l'instant où il avait vu Priya Davidson-Khan sortir de cet ascenseur. Une idée nouvelle avait alors germé en lui, qui l'excitait, et le mettait mal à l'aise.

Il regarda la mariée noyée dans sa veste de costume, la robe blanche trempée et maculée de boue par endroits, et sentit quelque chose se serrer dans sa poitrine. Il était venu à New York pour se venger. Pour ruiner la précieuse image de son frère et trouver enfin le moyen de démanteler l'empire de corruption et de mensonges sur lequel son père avait régné pendant tant d'années.

Mais soudain il avait posé les yeux sur la femme qu'il était venu détruire et une idée folle s'était formée dans son esprit. Une idée brillante, terrible.

Il ne se contenterait pas de saboter le mariage de son frère avec la fiancée parfaite. Il l'enlèverait... pour lui-même.

Ce n'était pas dans ses habitudes d'entraîner des innocents dans ses projets, ni de se plier aux règles, mais s'il lui fallait une fiancée pour battre ses frères de vitesse, il ne voyait pas de meilleure candidate que la femme assise à côté de lui.

En envisageant la chute de son frère, Eros avait fouillé dans le passé de Priya et découvert qu'elle avait grandi dans le luxe et été élevée pour évoluer dans les milieux les plus policés. En dehors de fiançailles embarrassantes et d'une rupture fâcheuse à l'âge de dix-huit ans, son nom n'était associé à aucun scandale. Autrement dit, elle était parfaite pour un imbécile élitiste comme Xander.

Durant ces sept dernières années, elle avait disparu des radars, comme si elle avait cessé d'exister. Il la regarda tourner la tête vers la vitre et s'efforcer de se calmer, les mains serrées sur ses genoux et agrippant la soie comme si elle hésitait entre les larmes et la colère. Elle ne se permettrait ni l'un ni l'autre, pressentit Eros. Elle reprenait déjà le contrôle.

Que faudrait-il pour faire fondre cette détermination glaciale ?

Et pourquoi le fascinait-elle autant ?

Eros l'observa avec attention tandis qu'elle se servait d'exercices de respiration pour se calmer. Inutile de lui dire qu'initialement il s'était arrangé pour qu'elle soit photographiée avec lui. Il avait négocié avec les paparazzi et, s'ils osaient publier quoi que ce soit, ils le paieraient cher.

S'il passait pour un play-boy sauvage et téméraire, c'était parce qu'il présentait délibérément cette image au monde. Si Zeus avait eu vent de l'étendue de son pouvoir et de la fortune qu'il avait accumulée au cours des quinze dernières années, ce salaud aurait concentré sur lui son avidité de rapace.

Cela faisait plus d'une décennie qu'Eros planifiait méticuleusement la destruction de l'empire Mytikas, lorsque son salopard de père avait soudain passé l'arme à gauche. Zeus avait choisi depuis longtemps Xander, l'aîné de ses trois bâtards, comme unique héritier. Eros aurait dû se méfier, se douter qu'au tout dernier moment Zeus aurait une idée perverse, comme semer la zizanie en offrant la possibilité de rafler la mise à ses trois fils illégitimes en les dressant l'un contre l'autre. C'était exactement le genre de coup de force auquel Eros aurait dû s'attendre.

La limousine ralentit tandis qu'ils arrivaient aux abords des gratte-ciel résidentiels ultra-luxueux longeant l'extrémité sud de Central Park. Le chauffeur s'engagea dans une allée privée conduisant à l'entrée invisible depuis la rue.

Lorsque le véhicule s'immobilisa, Priya tourna les yeux vers lui, le regard perdu et vide.

— Où sommes-nous ?

— Quelque part où vous pourrez vous sécher et attendre la fin de l'orage médiatique.

Sur ces paroles, il descendit du véhicule et se retourna pour lui tendre la main, en s'efforçant en vain d'ignorer la délectable vision de la peau mate qui se révélait tandis que Priya rassemblait avec peine les flots de soie blanche. La robe mouillée devait peser un poids considérable, à en juger par la maladresse de ses mouvements.

À l'instant où cette pensée lui traversait l'esprit, il baissa les yeux et vit qu'elle se battait avec le jupon de tulle qui s'était coincé dans la portière.

— C'est bien pour cela que je déteste les robes...

D'un geste vif, elle tira sur l'étoffe qui se déchira avec un bruit sec. Elle se figea, les yeux écarquillés – le jupon était toujours coincé dans la portière.

Eros se rapprocha d'un pas.

— Vous permettez ?

Lorsque, après un instant d'hésitation, elle hocha la tête, il se pencha et dégagea sans difficulté le reste de tulle. Puis, au lieu de se redresser, il saisit la soie et en déchira une large bande allant de l'ourlet jusqu'en dessous des genoux de Priya. Le tulle formait maintenant une sorte de guirlande blanche et vaporeuse lui entourant les cuisses.

Eros recula et contempla son œuvre avec un sourire satisfait.

— Ce n'était... pas nécessaire, dit-elle, l'air horrifié.

— Pardonnez-moi, princesse. Comptiez-vous la porter une autre fois ?

Avec un grognement peu digne d'une lady, elle sortit les jambes de la masse de soie qu'elle repoussa d'un coup de pied.

— C'est beaucoup mieux, fit-il d'un ton ironique, en évitant de contempler les mollets galbés et les chevilles fines.

Quand elle le regarda en plissant ses grands yeux bruns aux reflets mordorés, il fut traversé par une sensation agréable proche de... l'amusement. Non, corrigea-t-il en son for intérieur. Ce qu'il ressentait s'appelait de l'attirance. Et pourquoi ne serait-il pas attiré par cette femme ravissante ? Il était un homme. Un vrai. Il avait connu nombre de belles femmes, mais cela ne voulait pas dire qu'il était incapable de contrôler sa libido.

Une fois dans l'ascenseur qui s'élevait lentement vers le dernier étage, ils restèrent silencieux, au grand soulagement d'Eros. Il avait besoin se concentrer. Lorsque sa mère comprendrait ce qu'il envisageait maintenant de faire... elle se mettrait en quatre pour l'en empêcher. Le temps n'était pas du côté d'Eros, mais il pourrait peut-être le ralentir, voire l'arrêter.

Pour cela, il faudrait d'abord convaincre Priya que le mariage était la meilleure option, pour elle comme pour lui. Option qu'il n'avait encore jamais osé envisager, encore moins exprimer à voix haute.

La tour au luxe flamboyant était l'un de ses projets favoris et le prix des appartements avait atteint des montants qui auraient fait saliver les plus grands magnats de l'immobilier. Les larges portes ouvraient sur un immense hall en marbre qui datait du début du XXe siècle.

Dans l'entrée de son appartement avec terrasse, de hauts miroirs anciens ressortaient sur les murs tapissés de toile sombre dont la teinte était mise en valeur par la lumière chaude des appliques encadrant les miroirs.

— Je serais incapable de dire s'il s'agit d'un immeuble ancien qui a été rénové ou d'une construction récente, dit Priya en s'avançant dans l'espace ouvert inondé de lumière.

— C'est l'un des procédés que je préfère, prendre une tranche d'histoire, la conserver et la mettre en valeur en l'associant avec du contemporain.

Eros avait donné carte blanche à ses architectes pour rénover cette tour qui aurait mérité d'être citée dans les manuels d'histoire. Quand il avait vu les plans finaux, la façon dont la nouvelle structure s'élevait derrière la structure originale, telle une épée étincelante fendant le ciel, il en était resté sans voix.

Il n'avait jamais envisagé de revenir vivre à Manhattan, mais il avait conservé pour lui le dernier étage sur un coup de tête, fasciné par le sol de pierre aux teintes chaudes, les touches de bronze çà et là et les vues imprenables sur le parc.

— C'est b... beau, dit Priya en frissonnant.

Réalisant qu'elle claquait des dents, Eros la prit aussitôt par la main et l'entraîna vers la suite réservée aux invités avant de la faire entrer dans la salle de bains.

— Vous êtes glacée. Il faut ôter cette robe.

— Je... Je... n'ai rien d'autre à mettre, répondit-elle en s'efforçant de maîtriser ses tremblements convulsifs.

— Je ne vous laisserai pas attraper une pneumonie alors que vous êtes sous ma garde, princesse. Vous avez besoin d'une douche bien chaude et de vêtements secs. Tournez-vous.

— Ne soyez pas ridicule. Je peux me débrouiller toute seule, répliqua-t-elle en baissant les yeux sur sa robe.

— Je doute que vous ayez pu enfiler cette chose sans aide, dit Eros en désignant les rubans de soie, les boutons minuscules, le laçage compliqué reliant le bustier à la jupe.

— Vous semblez être expert en corseterie - seriez-vous couturier ?

— Je reconnais que j'apprécie la lingerie fine. Surtout lorsqu'il s'agit de l'ôter.

Quand il la vit se mordre inconsciemment la lèvre, il ne sut s'il devait rire ou gémir.

— Très bien, dit-elle dans un souffle. Tâchez d'être rapide, je suis gelée.

Il allait faire un nouveau sous-entendu grivois lorsqu'il s'aperçut que les lèvres de Priya bleuissaient.

L'adhérence de la soie mouillée représentait un obstacle qu'il avait sous-estimé. Eros avait beau tirer dessus, il ne réussissait qu'à faire bouger l'étoffe de quelques centimètres. Il retint un juron et ouvrit le tiroir du meuble-lavabo dont il sortit un petit canif. Après quelques coups de lame judicieux, le tissu commença à s'écarter, révélant le dos à la peau satinée.

— C'est bon ?

Elle se tourna vers le miroir et le regarda glisser la lame sous le dernier ruban.

— Je crains que vous ne soyez plus en mesure de remporter un quelconque prix de mode, mais vous devez respirer plus librement. Cette chose était diaboliquement serrée...

— C'est un véritable instrument de torture.

Tout en parlant, elle se retourna au moment où il s'avançait vers la porte et lâcha un instant la robe qui descendit dangereusement sur sa poitrine.

Subitement, le monde sembla tourner au ralenti. Centimètre après centimètre, Eros vit la peau mate se dévoiler à son regard affamé. Priya était un mélange parfait de douceur et de fermeté, avec d'adorables rondeurs juste là où il le fallait. Hélas, elle remonta rapidement l'étoffe jusqu'à son menton.

— Je devrais sans doute me changer aussi, dit-il en commençant à déboutonner sa chemise.

Les yeux bruns suivirent le mouvement puis s'écarquillèrent en même temps qu'un bout de langue rose apparaissait et humectait la lèvre inférieure. Puis, comme si Priya se rendait compte qu'il l'observait, elle secoua la tête et lui ferma la porte au nez avant de tourner le verrou.

Seigneur, sa libido était mise à rude épreuve. Les femmes avaient toujours été sa faiblesse. Il savourait leur compagnie et, depuis qu'il avait atteint l'âge adulte, il était devenu un maître en matière de plaisir. Les femmes le recherchaient pour ses talents d'amant hors pair, avant de partir en quête d'hommes respectables avec qui s'installer, et cela convenait parfaitement à Eros. Mais les deniers mois avaient été chaotiques à cause d'une série de projets imprévus qui l'avaient empêché de trouver le temps et l'énergie de se consacrer à la séduction.

Puis, alors qu'il venait de rentrer à Athènes, prêt à renouer avec une ancienne relation, sa mère avait débarqué et chamboulé tous ses projets avec cette histoire de testament.

Il avait besoin de sexe, voilà tout, se dit-il après avoir refermé la porte de sa vaste chambre. Et dans l'immédiat il avait besoin de se reconcentrer et de revoir son plan. Pour un as de l'organisation comme lui, la situation était plutôt chaotique. Il avait pris la bonne décision – il faisait confiance à son intuition, qui ne l'avait jamais induit en erreur –, mais en revanche il n'avait pas confiance en Priya.

À moins que ce ne soit de lui-même qu'il se méfie...

Traversant la pièce à grands pas, il s'arrêta devant la large baie vitrée et contempla le panorama grandiose qui s'offrait à l'infini. Cela faisait si longtemps qu'il n'avait mis les pieds ici qu'il avait presque oublié la beauté de Manhattan.

Il avait grandi en Grèce mais, enfant de parents divorcés, il passait presque la moitié de l'année avec sa mère et avait vécu une grande partie de son adolescence à New York et dans d'autres grands centres financiers. La sensation familière de regret lui étreignit la poitrine tandis qu'il contemplait les géants d'acier et de verre qui bordaient l'horizon, au-delà des frondaisons luxuriantes du parc.

Le regard perdu au loin, Eros imagina ce que son beau-père aurait pensé en apprenant qu'il s'apprêtait à faire ce contre quoi il l'avait mis en garde. Bien qu'ayant été marié avec Arista durant moins d'une décennie, Stavros Theodorou était resté une présence constante dans la vie d'Eros et lui avait donné bien davantage que ses parents biologiques. Il était l'homme dont Eros avait pris le nom, l'homme qui lui avait appris à placer la loyauté au-dessus de tout le reste.

« Le mariage est un piège », aurait-il dit de sa voix rocailleuse de fumeur invétéré.

Durant ces dix dernières années, les promesses faites à son beau-père l'avaient motivé, guidé. Eros avait encore honte de la façon dont il avait traité la seule personne à avoir jamais pris ses intérêts à cœur, mais il était déterminé à réparer ses torts, ne serait-ce qu'en partie.

Refoulant les regrets qui l'assaillaient, il se dirigea vers la salle de bains et se déshabilla en un tournemain avant de s'exposer au jet puissant de la douche. Doubler Arista et lui donner une leçon serait la première étape. Ensuite, une fois qu'il aurait hérité de la majorité des actions de Mytikas Holdings, il se concentrerait sur Xander.

Brusquement, il imagina Priya prenant un bain de l'autre côté du mur et sa libido réagit au quart de tour. Il se fit plaisir un moment, imaginant avec délice ce qui se produirait s'il faisait fondre la glace et libérait la passion qui, il en était certain, couvait dessous.

3

Priya avait été si soulagée d'être débarrassée de cette fichue robe de mariée qu'elle avait oublié qu'elle n'avait rien d'autre à se mettre. Heureusement, quand, au sortir de la douche, elle avait entrebâillé la porte de la salle de bains pour jeter un coup d'œil dans la chambre, elle avait aperçu une magnifique chemise blanche étalée sur le lit.

Une chemise d'excellente qualité, naturellement, mais à la taille d'Eros qui mesurait un bon mètre quatre-vingt-cinq, alors qu'elle-même ne faisait qu'un modeste mètre soixante-sept. Il y avait néanmoins un avantage : la chemise lui arrivait aux genoux.

L'immense salon ouvert étant désert, Priya se dirigea vers le bar et choisit le whisky qui avait été l'un des préférés de son père. Elle s'en versa un verre et ressentit la douleur familière en humant le parfum qu'elle connaissait si bien.

L'alcool ne diminuerait en rien la culpabilité et l'incertitude qui lui tenaillaient le ventre, hélas.

— Qu'ai-je fait ? chuchota-t-elle.

— Vous avez pris conscience de votre erreur et changé de cap.

Elle se retourna vers Eros qui se tenait à quelques mètres et tressaillit. Les cheveux humides bouclaient sur les puissantes épaules, accentuant encore la beauté des traits virils et le dessin volontaire de la mâchoire. Le costume trois pièces avait disparu, remplacé par un jean moulant noir et un pull gris souris qui paraissait incroyablement doux. Alors qu'elle-même ne portait qu'une chemise, *sa* chemise, comme si elle venait de sortir du lit de cet homme superbe.

Quand il s'avança vers elle, Priya ne bougea pas, alors qu'elle brûlait de s'enfuir. Ou, pire, d'aller à sa rencontre. Il baissa les yeux sur le verre qu'elle tenait dans la main et pencha la tête pour humer le whisky.

— Vous avez très bon goût. C'est mon préféré.

Leurs regards se croisèrent, restèrent soudés un instant avant qu'il se dirige vers le bar pour se servir un whisky. Puis il en but une gorgée et émit un son appréciateur qui fit frissonner Priya. Refoulant la sensation inconfortable qui la parcourait, elle s'interdit de battre en retraite tandis qu'il dardait ses yeux bleus sur elle.

— Venez. Nous devons discuter d'un certain nombre de choses.

D'un mouvement gracieux, il s'installa sur un long sofa en cuir et l'invita d'un geste à s'asseoir à côté de lui.

— Merci. Je préfère rester debout.

— Comme vous voudrez, répliqua-t-il en tambourinant l'accoudoir du bout des doigts.

— Ne prenez pas cela pour de l'ingratitude, dit-elle à la hâte.

Une énergie presque animale exsudait de lui, un charisme sensuel qui l'attirait et l'effrayait à la fois. Mais elle ne pouvait pas tourner le dos à sa proposition. Si lui était motivé par son besoin de vengeance, elle-même se rendait parfaitement compte que c'était désormais sa seule chance de sauver l'héritage de son père.

Un goût amer lui monta aux lèvres. Mais ce n'était pas le moment de se raccrocher à son orgueil. Elle n'était pas la seule en cause. Le sort d'autres personnes était en jeu.

Priya inspira à fond.

— Je vous suis infiniment reconnaissante de m'avoir aidée aujourd'hui, même si je sais que vos motivations ne sont pas des plus pures. Quoi qu'il en soit… j'ai réfléchi à votre proposition et je l'accepte, dit-elle d'un trait.

Il baissa les yeux sur son verre.

— Trop tard. Cette proposition n'a plus cours.

Elle le dévisagea un instant en silence, interloquée.

— Vous plaisantez ?

— En me tournant le dos tout à l'heure, vous avez blessé mon ego, lequel est très fragile.

— Il n'y a rien de fragile en vous ou dans votre ego, riposta-t-elle avec colère en s'avançant d'un pas vers lui. Cela faisait-il partie de votre plan ? Vous m'avez enlevée, *balancée* sur votre épaule devant tous ces paparazzi...

Quand elle vit une lueur sombre traverser les yeux bleus, Priya réalisa sa méprise.

— *Vous* ! Bien sûr, c'est vous qui les avez fait venir. Maintenant, vous avez obtenu ce que vous vouliez sans dépenser un cent.

— Dans mon univers, c'est ainsi que l'on fait des affaires. J'étais sincère, tout à l'heure. J'aurais payé les dettes de votre oncle sans rien vous demander en échange.

— Mais maintenant, vous profitez de la situation.

Elle carra les épaules.

— Espérez-vous que je vous supplie de m'accorder votre aide ? Est-ce dans ce but que vous m'avez amenée ici ?

Il posa son verre sur le parquet et se leva. Une chaleur infernale envahit l'atmosphère, la pression augmenta dans sa poitrine. Il ne l'avait pas sauvée. Il n'avait pas l'intention de l'aider. Pourquoi l'aurait-il fait ? Elle avait repoussé sa proposition, mais elle avait abandonné son fiancé et renoncé à l'épouser. Elle n'avait été qu'un pion, une fois de plus.

— Je dois m'en aller... Je ne peux pas rester ici.

Lorsqu'elle s'avança dans le vaste espace ouvert, il la rejoignit en un éclair et lui barra le passage. Il était tout proche d'elle. Trop proche.

— Vous ne vous éloignerez pas de moi, Priya, dit-il d'une voix gutturale.

— Pourquoi resterais-je ici un instant de plus ? Pour que vous puissiez me menacer d'envoyer des photos scandaleuses à la presse pour salir encore plus ma réputation ? riposta-t-elle en redressant le menton.

Elle voulut le contourner mais il tendit le bras pour l'en empêcher et appuya la main sur le mur, à côté de sa tête.

— Les journalistes étaient là uniquement pour irriter mon frère et propager le scandale. Après qu'ils vous ont poursuivie, je les ai renvoyés. En l'état actuel des choses, il ne sera fait aucune mention de votre lien avec moi dans la presse. Mais si vous sortez de cet immeuble en courant, vêtue en tout et pour tout de l'une de mes chemises... Je ne serai plus en mesure de contrôler la situation.

Plus de nuance amusée dans sa voix, à présent, mais une pointe de colère qui donna la chair de poule à Priya. Sa respiration devenait de plus en plus saccadée, la proximité d'Eros ne l'aidant en rien à la contrôler. Comme s'il l'avait compris, il baissa le bras et recula d'un pas.

— Vous avez tout organisé pour que je devienne moi aussi une cible. Vous m'avez attirée dans cette limousine avec une idée très précise en tête.

Un petit muscle de sa mâchoire tressaillit.

— Au départ, oui.

Priya appuya l'épaule contre le mur pour ne pas s'effondrer sur place. Son cœur lui martelait les côtes. Elle avait l'impression de vivre un cauchemar dans lequel rien n'avait de sens. Elle devait absolument partir et regagner le minuscule appartement qu'elle avait loué dans l'East Village et essayer de rassembler ses idées.

— Je m'y prends très mal, dit tout à coup Eros.

— Ah bon ? répliqua-t-elle avant de détourner les yeux.

Son pouls battait trop vite. La proximité de cet homme viril et sensuel l'empêchait de réfléchir, de se concentrer.

Eros appuya lui aussi l'épaule contre le mur en face d'elle. Mais alors que Priya devait avoir l'air vulnérable et épuisé, il paraissait frais et dispos, et bien conscient de détenir le pouvoir.

— Je ne désire pas vous voir me supplier, Priya. Vous êtes

bien au-dessus de cela. Je veux vous proposer une alternative. Une solution qui nous permettra d'obtenir ce que nous désirons l'un et l'autre.

— Une solution que je serai obligée d'accepter, naturellement.

Il la dévisagea, les lèvres pincées et le regard dur.

— Vous êtes sans doute au courant des dernières volontés de mon cher père ?

Priya garda le silence et attendit qu'il continue.

— Eh bien, je me trouve dans la même situation juridique que mon cher frère. Autrement dit, il me faut une épouse. Maintenant.

Ces paroles lui firent un choc terrible. Avait-elle bien entendu ce qu'il venait de dire ? Était-ce à cause de cela que Xander avait autant insisté pour qu'ils se marient le plus rapidement possible ?

— Dois-je comprendre que je conviendrais à ce rôle ?

— Vous ne me voyez pas dans le rôle du mari attentionné ? répliqua-t-il du tac au tac en haussant un sourcil moqueur.

— Pourquoi vous épouserais-je ? répliqua-t-elle d'un ton brusque.

— Parce que c'est la solution idéale. Nous sommes tous les deux dans l'obligation de nous marier rapidement.

— J'ai du mal à vous imaginer obligé de faire quoi que ce soit.

Un éclat brûlant incendia les yeux bleus, lui faisant regretter ses paroles.

— Et pourquoi aurais-je confiance en vous ? ajouta Priya à la hâte.

— Parce que je suis en mesure de vous fournir les moyens financiers et les contacts dont vous avez besoin pour forcer votre oncle à vous obéir. Je peux rembourser ses dettes et lui racheter ses parts, tout en m'assurant que la transaction reste confidentielle. Je dispose d'une équipe d'avocats puissants qui seraient à votre service. Au bout d'un an, une fois que nous aurions atteint nos objectifs respectifs, nous nous séparerions.

— Vous croyez vraiment que c'est aussi simple ?

— À votre place, n'importe qui saisirait cette opportunité unique, Priya.

— Vous avez reconnu que vous souhaitiez vous venger de mon fiancé. Ce n'est pas la base idéale pour créer un partenariat. Quel qu'il soit.

Il s'écarta du mur et s'avança vers elle.

— Mon frère modèle n'est plus votre fiancé, dit-il d'une voix douce. Je reconnais que j'agis en grande partie dans le but de me venger de votre *ex*-fiancé. Je ne vous ai pas caché que je m'enorgueillis de mes victoires, Priya.

— Je ne suis pas un trophée que l'on gagne en remportant une compétition, riposta-t-elle sèchement. Je connais ma valeur. Je sais que si je vous épousais, vous auriez accès à ma fortune et en feriez Dieu sait quoi. Et franchement, vu ce que je sais de vous... je préfère ne pas prendre ce risque.

— Je n'ai pas plus besoin de votre argent que de l'entreprise de votre père et sa débâcle financière. Acceptez mes conditions et le contrat de mariage sera prêt ce soir et signé avant demain matin. Il s'agirait d'un arrangement privé. Sans mise en scène ni publicité d'aucune sorte.

— Un contrat de mariage..., répéta-t-elle en fronçant les sourcils. C'est absurde.

— Vous dites connaître votre valeur, eh bien, nous sommes bien assortis sur ce point. Je suis disposé à vous offrir un partenariat équitable et à durée limitée, qui vous permettra de retourner la situation contre votre oncle et de prendre le contrôle de votre fortune. Seule.

Priya l'écoutait, abasourdie. Elle avait toujours envisagé d'y aller doucement et de mériter sa place au sein de Davidson Khan. Était-elle prête à assumer un tel pouvoir ? Elle avait obtenu son master seulement quatre ans plus tôt, mais avait déjà acquis une solide réputation dans les milieux de la finance après avoir travaillé pour de grandes entreprises à Londres et Dubaï.

— Notre mariage serait une transaction d'affaires, poursuivit

Eros. Je n'ai pas besoin d'une épouse que j'exhiberais comme un trophée dans la haute société et je soupçonne que de votre côté vous n'apprécieriez pas de faire la une des médias. Cela ne vous aiderait pas vraiment d'être dépeinte comme une « créature intéressée qui plaque un fiancé pour se jeter dans les bras d'un autre », lorsque vous prendrez la direction de Davidson Khan. Je veillerais à ce que la presse soit réduite au silence, mais pour protéger nos intérêts respectifs, je devrais prendre des mesures supplémentaires. Si vous acceptez de devenir mon épouse, nous quitterons New York et vous ne pourrez pas y revenir ni avoir aucun contact avec le monde extérieur avant que je ne vous y autorise.

Elle cligna des yeux, suffoquée.

— Vous voulez dire que vous envisagez de m'enfermer quelque part jusqu'à ce que vous jugiez bon de me libérer ? Je serais votre prisonnière, en quelque sorte ?

— Il ne s'agirait que de quelques semaines, mais vous ne seriez pas ligotée... à moins que ce ne soit votre truc ? demanda-t-il en haussant un sourcil.

— Soyez sérieux, dit Priya en redressant les épaules et en ignorant les images suscitées par ses paroles. Que serais-je censée faire pendant ces quelques semaines, exactement ? Où m'emmèneriez-vous ?

— Ça, je ne peux pas vous le dire. Pas avant que vous ayez signé le contrat.

— Vous vous attendez à ce que j'accepte aveuglément vos conditions extravagantes mais, de votre côté, vous refusez de me donner aucune précision sur vos intentions ? Je dois vous faire confiance, mais ce n'est pas réciproque ?

— Je ne vous ai jamais parlé de confiance. Ni de votre part ni de la mienne. Il n'y a rien de plus naturel que de privilégier ses propres intérêts.

— Philosophe, en plus..., fit-elle d'un ton ironique.

— Vous n'êtes pas au bout de vos surprises.

Il la gratifia d'un sourire suffisant et lui tendit la main.

— Alors, acceptez-vous mes conditions ?

Priya hésita un long moment et réfléchit aux paroles d'Eros. Pouvait-elle vraiment se laisser emmener vers une destination inconnue ? Elle imagina l'expression de son oncle et la rage qu'il avait dû éprouver en réalisant qu'elle renonçait à son mariage. Si elle ne l'arrêtait pas, il détruirait tout le fruit des efforts de son père. Il détruirait l'héritage qui lui avait toujours été destiné à elle.

Une pensée dangereuse lui traversa soudain l'esprit.

Elle n'avait pas besoin de faire confiance à Eros Theodorou. Elle pourrait se servir de lui, de la même façon que l'on s'était servi d'elle autrefois. Elle pouvait accepter sa proposition et se servir de sa fortune et de son pouvoir comme tremplin. En se pliant à ses conditions absurdes, elle disparaîtrait et on la croirait vaincue, pendant qu'elle profiterait de ce retrait pour se ressaisir et s'organiser. Peu importait de savoir où il l'emmenait, du moment qu'elle était loin de Manhattan. Et le moment venu, elle réapparaîtrait et revendiquerait ce qui lui revenait de droit.

— Entendu. Je vous épouserai, dit-elle, le cœur battant à tout rompre. Et ensuite ?

Une expression de triomphe passa sur les traits d'Eros, puis son regard s'assombrit tandis qu'il baissait les yeux sur le diamant qu'elle portait toujours à sa main gauche.

— Vous allez commencer par ôter cette bague.

Priya regarda la bague qui lui avait été apportée chez elle quelques jours avant le mariage, accompagnée d'un bouquet de magnifiques roses jaunes. Pas de carte, rien de personnel qui puisse laisser penser qu'il s'agissait de davantage qu'un simple arrangement d'affaires. Et alors, la perspective de porter la bague offerte par Xander l'avait emplie d'une telle anxiété qu'elle l'avait laissée dans l'écrin et ne l'en avait ressortie que pour les quelques apparitions publiques qu'ils avaient faites ensemble la semaine précédente.

— J'avais prévu de la renvoyer, dit-elle en jouant machinalement avec l'anneau de platine.

Elle n'aimait pas trop le ton d'Eros, ni sa façon de lui *ordonner* d'ôter la bague comme si celle-ci était une marque d'appartenance. Elle ne passait pas des mains d'un homme dans celles d'un autre. Elle était une femme d'affaires intelligente et autonome qui avait décidé d'échanger un arrangement médiocre contre un autre plus avantageux et à moindre risque.

Subitement, elle songea que Xander n'était peut-être pas au courant de la duplicité de Vikram. Mais il était trop tard. Impossible de revenir en arrière. Priya fit tourner l'anneau autour de son doigt en s'efforçant d'endiguer la culpabilité qui remontait en elle.

— Xander a peut-être droit à des explications.

— Donnez-moi votre main.

À sa grande surprise, elle obéit et posa la main dans la sienne. Avec une douceur étonnante, il ouvrit lentement sa paume et fit glisser la bague de son doigt d'un geste délicat et adroit. Le contact la fit frissonner intérieurement. À moins que ce ne soit l'intensité du regard d'Eros. Il glissa la bague dans sa poche, puis passa le bout du pouce sur son doigt, là où avait été la bague.

Un long silence s'ensuivit. Priya avait baissé les yeux, incapable de soutenir le regard dardé sur le sien.

— Regardez-moi, dit-il soudain d'une voix sévère.

Elle leva les yeux et fut frappée par la colère qui couvait au fond des siens.

— Vous ne lui devez rien - *m'akoús ?*

Sa voix paraissait plus grave quand il parlait grec. Il secoua la tête, comme pour se ressaisir.

— Vous m'entendez ? reprit-il.

Elle se mordit la lèvre, résistant au désir d'acquiescer. Une autorité naturelle émanait de lui, renforcée par la haute taille et le regard sévère. Mais elle n'avait jamais été du genre à s'écraser et à se soumettre aux ordres de quiconque, surtout pas d'un homme qu'elle venait à peine de rencontrer.

Sans dire un mot, Priya se détourna et s'éloigna en direction de la large baie vitrée ouvrant sur la terrasse. Un peu d'air frais lui ferait peut-être du bien.

Eros peinait à ne pas sourire devant la colère que Priya avait beaucoup de mal à contenir. Il avait eu tort de lui parler sur ce ton, mais quand il l'avait entendue dire qu'elle devait quelque chose à Xander, il avait vu rouge. Son frère était un salaud, un manipulateur, et il avait très bien su ce qu'il faisait en acceptant le marché de l'oncle de sa fiancée – à l'insu de celle-ci.

— Pourquoi ai-je l'impression que vous allez me causer plus de problèmes que je ne l'avais imaginé ? dit-il d'un ton neutre en la rejoignant sur la terrasse.

— Vous dites cela parce que je préfère savoir ce que je veux vraiment au lieu de m'incliner et de satisfaire toutes les exigences d'un mâle arrogant ? riposta-t-elle. Si j'avais su qu'en acceptant votre aide j'allais me retrouver impliquée dans une lutte sans merci entre vous et...

— Vous ne savez rien de la situation.

— Étant donné que je viens d'accepter de vous épouser, vous pourriez peut-être m'éclairer ?

Eros sentit la rage familière rejaillir en lui. Il savait depuis longtemps que cette rage était tout aussi susceptible d'être manipulée que l'amour ou la confiance. La rage était beaucoup plus imprévisible et beaucoup plus facilement provoquée. Il contempla la femme ravissante qui, sans le savoir, s'était immiscée au beau milieu d'un champ de bataille. Elle n'avait peut-être rien à voir avec cette histoire, mais cela ne faisait pas d'elle son alliée.

À peine quelques heures plus tôt, elle avait été prête à devenir l'épouse de son ennemi. Il avait vu les émotions se succéder sur le visage de Priya, la culpabilité, la sollicitude. Elle ignorait qui était l'homme qu'elle avait été sur le point d'épouser. Elle ne soupçonnait pas ce qui se dissimulait derrière le nom de leur famille, les mensonges, la cupidité.

Le pouvoir de Zeus était tel qu'il s'était assuré de semer la pagaille même après sa mort. Des trois fils qu'il avait engendrés, c'était Xander qui lui ressemblait le plus - cruel, calculateur et obsédé par sa précieuse image.

— Je n'étais pas prêt à renoncer à ma part d'humanité pour obtenir l'approbation de mon père. Disons que mon frère a fait un choix différent. Il a visé le pouvoir au détriment du bien. C'est le même choix qu'il a fait en voulant vous épouser.

La rage bouillait en lui, menaçant son contrôle. Eros serra les poings et se força à sourire avec la nonchalance qu'il maîtrisait à la perfection.

— Le mariage a beau comporter des contraintes juridiques, les vœux n'ont aucun pouvoir sur les mœurs.

— Est-ce votre façon de me conseiller de ne pas avoir confiance en vous non plus, Eros ?

L'entendre prononcer son prénom pour la première fois le troubla malgré lui. Il regarda son visage auréolé des derniers rayons du soleil et vit des reflets ambrés jouer dans les beaux yeux bruns. Elle soutint son regard et resta immobile, comme si elle le jaugeait. Quand une femme l'avait-elle dévisagé ainsi ? Priya semblait chercher à percer la carapace qu'il présentait au monde et voir ce qui se cachait derrière. Pour un homme qui se targuait de contrôler toute interaction avec autrui en usant notamment de son charme, c'était quelque peu… inconfortable.

— La confiance aveugle est un mythe. J'ai passé dix ans à bâtir mon propre empire selon mes propres règles, loin de la corruption et du sacrifice qui sont indissociables de Mytikas Holdings. J'ai peut-être fait des choses terribles, scandaleuses, mais en affaires, je protège *mes* affaires. Une fois mariés, vous en ferez partie, que cela vous plaise ou non.

— Ainsi, en tant que votre épouse, je serai l'égale de vos employés ? J'en suis très honorée.

— C'est un poste à risque, dit-il en s'appuyant à la balustrade. De nombreuses femmes ont essayé de m'amadouer et de se faire passer l'alliance au doigt – et elles ont toutes échoué. Il pourrait y avoir un retour de bâton.

Ses paroles lui valant une ombre de sourire, il se força à détourner les yeux de la belle bouche sensuelle.

— On m'a rapporté que votre amie avait provoqué une certaine agitation en tentant de vous retrouver.

Elle se redressa de toute sa hauteur.

— Aria ? Je devrais l'appeler.

— Vous vous rappelez notre marché ? Personne ne doit être au courant avant que j'en décide autrement.

Un éclair fusa dans les yeux bruns. Elle croisa les bras mais réussit à contenir sa colère.

— Vous ne pouvez tout de même pas m'emmener loin d'ici tout de suite. Il faut que je passe prendre des affaires chez moi. Moi aussi j'ai une vie, figurez-vous. Je dois faire savoir à mon amie que je vais bien.

Il réfléchit quelques instants, puis sortit son smartphone de sa poche et le lui tendit.

— Vous avez trois minutes.

Après lui avoir demandé d'activer le haut-parleur, il la suivit tandis qu'elle regagnait le salon.

L'amie répondit à la première sonnerie et sa voix envahit l'espace, reprochant à Priya d'avoir disparu sans prévenir.

— Calme-toi, Aria. Tout va bien.

Elle tourna brièvement les yeux vers Eros.

— J'ai trouvé un autre moyen de résoudre mes problèmes, mais je suis obligée de quitter New York.

— Un autre moyen ? Tu veux dire un autre fiancé ? Où pars-tu ? Où t'emmène-t-il ?

— Écoute, dit Priya d'un ton neutre. C'est compliqué et je ne peux pas entrer dans les détails maintenant... mais Vikram a menti. Alors c'est le seul moyen qu'il me reste de sauver l'entreprise.

Son amie demeurant silencieuse, Priya contempla l'écran du téléphone pour vérifier que la communication n'avait pas été coupée.

— Tu es toujours là ? demanda-t-elle.

— Je n'aime pas ça, répliqua son amie avec une émotion tangible. Je n'aime vraiment pas ça du tout.

— Moi non plus, mais je fais ce que je dois faire.

Eros tapota le cadran de sa montre avec impatience et vit Priya plisser le front en réponse.

— Ne t'inquiète pas pour moi, Aria, tout se passera bien, dit-elle rapidement. Je t'expliquerai tout à mon retour.

— Si tu ne peux pas parler, dis seulement *oui* ou *non*, répliqua son amie en baissant légèrement la voix. J'ai entendu dire que Xander avait envoyé des hommes à la poursuite de son frère... Un type très costaud, aux cheveux brun foncé, avec un accent étranger. Italien, je crois. Tu es avec lui ?

Cette fois, Eros la rejoignit en deux enjambées, lui prit les mains et passa le bout du doigt sur l'écran.

— C'était vraiment brutal, protesta-t-elle en le foudroyant du regard et en essayant de dégager ses mains.

— Vous alliez lui répondre.

— J'ai respecté ma parole, dit-elle, les mâchoires crispées. Mais de qui parlait Aria ? De quel frère parlait-elle ?

Eros réfléchit quelques instants et sourit.

— Je ne suis peut-être pas le seul des rejetons de Zeus à avoir voulu saboter votre mariage. Ce qui pourrait jouer en ma faveur.

— Vous êtes plusieurs ? demanda-t-elle, l'air stupéfait.

— Cela ne nous concerne pas. À partir de maintenant, vous n'aurez plus aucun contact avec votre amie ni avec personne d'autre jusqu'à ce que je vous y autorise.

Baissant les yeux sur l'écran, il vit qu'il avait reçu des messages de ses avocats. Il restait tant de choses à régler. Tant de détails à mettre au point avant de s'envoler vers la Grèce. Avec l'épouse dérobée à son frère.

Son regard descendit de lui-même sur les longues jambes fuselées, avant de remonter lentement jusqu'au visage et de voir la colère flamboyer dans les yeux bruns.

En vérité, il comprenait Priya. Imposer des conditions aussi archaïques que celles qui l'empêchaient de toucher son héritage à une femme comme elle, c'était comme enfermer un fauve dans une cage et s'attendre à le voir se transformer en gentil animal domestique. Son oncle méritait de tout perdre et Eros prendrait plaisir à porter le premier coup qui entraînerait la chute.

S'apercevant qu'il allait arriver en retard à la réunion planifiée avec ses avocats, il enfila la veste en cuir posée sur le dossier d'une chaise et s'avança vers l'ascenseur.

— Vous partez ? demanda Priya d'un ton faussement détaché. Et moi je suis censée rester ici à me morfondre ?

— Je n'ai pas de temps à perdre si nous voulons être mariés avant demain soir.

— Demain soir ? C'est possible ?

Il appuya sur le bouton d'appel et se retourna vers elle.

— Je me fais un devoir d'accomplir l'impossible. Dans ce cas précis, toutefois, il n'y a rien de miraculeux – il suffit d'obtenir une dérogation et d'avoir les bons contacts.

Elle le dévisagea en silence, les mâchoires si crispées qu'il faillit éclater de rire.

— Tout l'immeuble est sécurisé. Si vous ne respectez pas notre marché, je le saurai. Et je n'apprécierais pas d'être doublé.

— C'est moi que l'on prend pour une imbécile, d'habitude, alors je pourrais vous dire la même chose.

Eros se détourna en riant sous cape et entra dans la cabine.

— J'enverrai quelqu'un chercher vos affaires. En attendant, profitez-en pour vous reposer un peu, princesse.

4

Lorsque, enveloppée dans une grande serviette moelleuse, Priya sortit le lendemain matin de la salle de bains, elle aperçut ses bagages posés à l'entrée de la chambre.

Elle traversa précipitamment la pièce, sortit son fidèle agenda de son sac à main et s'assit sur le lit pour rayer la mention « Mariage » indiquée le jour précédent avant de la reporter au jour même. C'était bizarre de ne pas pouvoir se passer d'une chose aussi stupide qu'un agenda, mais cela faisait longtemps qu'elle avait appris à se servir de tout ce qui pouvait apaiser le bourdonnement de son esprit. Et son agenda était le plus fidèle de ses alliés.

Son père disait toujours qu'elle était une combattante, tandis que sa mère avait déclaré une fois pour toutes que sa fille unique était égocentrique et trop anxieuse. Priya savait maintenant que l'anxiété était un état qu'elle avait appris à gérer. Mais la veille au soir, dans l'obscurité de cette chambre, sans téléphone ni ordinateur pour s'occuper, elle avait dû supporter le bourdonnement de son esprit qui tentait de s'adapter au tour imprévu qu'avait pris sa vie.

Résultat, elle avait à peine fermé l'œil de la nuit. Mais tout allait bien, se répéta-t-elle en enfilant son jean skinny préféré et un pull en laine fine. L'essentiel était de se concentrer sur le présent.

Quand elle sortit de sa chambre et s'avança pieds nus dans l'appartement, le silence régnait partout. Il fallait qu'elle trouve quelque chose à manger. Elle n'avait rien pris depuis le déjeuner de la veille et son estomac criait famine. Les jambes un peu tremblantes, elle ouvrit le réfrigérateur et saisit la première chose qu'elle aperçut : une grande assiette sur laquelle étaient disposés des quartiers réguliers de cantaloup. Sans réfléchir, elle en souleva un et mordit dedans en poussant un gémissement de soulagement et de délectation. Avant de manquer s'étouffer en entendant quelqu'un s'éclaircir la voix derrière elle.

Priya se retourna, s'attendant à voir Eros, mais se retrouva face à un homme de haute taille aux cheveux gris, accompagné d'un autre homme et d'une femme plus jeunes qui l'informèrent poliment qu'ils venaient finaliser le contrat de mariage.

Rassurée par la perspective de faire quelque chose s'apparentant à un travail, elle passa une heure à lire le contrat et à demander des éclaircissements afin de s'assurer qu'il ne comportait aucun vice juridique. Une fois qu'Eros aurait remboursé discrètement les dettes de son oncle et racheté la majorité des actions, il serait dans l'obligation légale de les transférer directement au nom de Priya.

Lorsque tout fut clair et qu'elle eut signé tous les documents, l'homme aux cheveux gris souleva son smartphone et s'entretint en grec avec son interlocuteur avant de tendre l'appareil vers elle.

— Il souhaite vous parler.

Priya prit le téléphone et sortit rapidement sur le balcon.

— Tout est-il à votre convenance ? demanda la voix d'Eros à l'autre bout de la ligne.

— J'ai accepté toutes vos conditions, et je suis désormais tenue par la loi de ne révéler votre plan diabolique à personne. Vos avocats ont précisé que j'aurais besoin de mon passeport. J'aimerais savoir où vous comptez m'emmener une fois que nous serons mariés.

— Patience, Priya. J'ai laissé quelque chose pour vous dans le hall.

Sur ce, il raccrocha et Priya eut très envie de pousser un juron haut et fort, même si ce n'était pas très élégant.

Après avoir raccompagné les avocats jusqu'à l'ascenseur, elle se calma et s'efforça de se rassurer.

Elle n'avait pas encore commencé à travailler officiellement chez Davidson Khan, mais une excellente équipe était déjà en place. Une fois que les actions auraient été transférées à son nom, il n'y aurait aucune raison pour que l'entreprise ne continue pas à fonctionner normalement.

Alors, autant voir ce séjour forcé comme des vacances... Priya ferma les yeux et fit rouler ses épaules. Elle détestait les vacances, mais elle gérerait son ennui en mettant au point sa stratégie et en se préparant à endosser son nouveau rôle. À en juger par le peu de temps que son nouveau fiancé avait passé avec elle jusqu'à présent, elle serait sans doute livrée à elle-même, ce qui lui convenait parfaitement.

Plongée dans ses pensées, elle faillit ne pas remarquer le grand sac posé sur le guéridon et portant le nom de l'une de ses boutiques préférées de la Cinquième Avenue. Elle souleva la fine carte noire placée à côté et sur laquelle ressortait un archer doré gravé en relief. Au dos, quelques mots avaient été écrits à la main.

Essayez de ne pas les déchirer...

E.

Plissant le front, elle emporta le sac dans sa chambre et en sortit une première boîte, l'ouvrit puis écarta les couches de papier de soie protégeant un pantalon en soie couleur ivoire d'une douceur inouïe et une veste ajustée assortie, le tout à sa taille. Avait-il deviné ses mensurations rien qu'en la regardant, ou avait-il chargé quelqu'un de se renseigner... Priya ouvrit la seconde boîte dans laquelle se trouvait un ensemble bustier et string en dentelle ivoire.

Il lui avait acheté de la lingerie, évidemment. Le bustier brodé de perles étant destiné à apparaître dans l'échancrure de la veste.

C'était dommage de ne pas les porter. Mais les porter, ça aurait été montrer sa soumission alors que sa position était déjà bien trop ambiguë.

Raison de plus pour rester sur ses gardes et se limiter aux obligations auxquelles elle avait consenti. Et puis, un tailleur noir ferait très bien l'affaire – et leur rappellerait à tous les deux qu'il s'agissait d'un arrangement professionnel.

Les quelques hommes qu'elle avait fréquentés l'avaient complimentée sur ses yeux sombres et ses courbes féminines, mais personne ne l'avait jamais vue comme une beauté. Son héritage indien et son air sérieux avaient toujours été ses traits distinctifs, la différenciant des superbes héritières blondes de la haute société et lui valant quelques regards appréciateurs, mais Priya ne s'était jamais beaucoup souciée de son allure ni de la mode.

Eros l'avait ouvertement dévisagée de la tête aux pieds et ce qu'elle avait lu dans son regard la conduisait à penser qu'il la trouvait attirante physiquement, mais il ne l'avait pas traitée pour autant en objet, comme elle aurait pu s'y attendre de la part de ce genre d'homme.

S'interdisant de penser qu'elle se trompait peut-être sur son compte, Priya prit le temps de se faire un chignon sur la nuque, et y glissa une pique en or incrustée de petites perles et de minuscules diamants. Ce bijou avait appartenu à son arrière-grand-mère et lui avait été expédié de Mumbai huit ans plus tôt, juste avant son premier bal.

Ce bijou avait été porté traditionnellement par les mariées de la famille Khan et bien que cette riche famille ait uni depuis son nom avec celui des Davidson, lesquels faisaient partie de l'élite américaine, et que les traditions aient fini par disparaître au fil des générations, celle-ci s'était maintenue. Après ses premières fiançailles catastrophiques, Priya l'avait mise de côté, persuadée de ne jamais plus la porter.

Ce sombre épisode de sa vie l'avait formatée, avait fait d'elle la femme qu'elle était devenue. Ça avait été le catalyseur qui l'avait amenée à tourner le dos à un héritage considérable, et forcée à découvrir qui elle était sans la fortune de son père.

La décision de revenir dans l'univers qu'elle avait fui et de contourner les conditions du testament n'avait pas été prise à la légère. Elle avait cru avoir trouvé la meilleure solution pour sauver l'héritage de son père et éviter qu'il ne tombe entre les mains de sa mère et de son oncle. Sans le savoir, Eros avait été malgré lui un ange tombé du ciel, en effet. Même si elle ne conservait pas entièrement le contrôle de sa fortune, elle savait qu'elle ne se laisserait plus jamais manipuler de cette façon.

Elle venait d'achever de se maquiller, se contentant du strict minimum, lorsque la sonnerie de l'Interphone résonna dans l'entrée, annonçant sans aucun doute l'arrivée du chauffeur d'Eros.

Le pantalon et la veste noirs étaient étalés sur son lit, mais son regard fut irrésistiblement attiré vers les boîtes posées sur la commode.

Peut-être qu'en faisant preuve de bonne volonté et de docilité elle se rendrait service. Après tout, si elle voulait qu'Eros sauve son entreprise de la faillite, elle devait le ménager. Sans se laisser le temps de changer d'avis, Priya saisit la première boîte et en ressortit le contenu.

La soie glissa sur ses doigts tandis qu'elle s'habillait rapidement avant d'aller contempler son reflet dans le miroir. Après être restée immobile pendant une bonne minute, elle pivota sur elle-même et se regarda sous tous les angles, émerveillée de voir la façon dont la coupe du pantalon et de la veste la métamorphosait en une créature douce et féminine, sans gommer pour autant son allure de femme puissante et déterminée.

La sonnerie de l'Interphone résonna à nouveau. Priya tressaillit, inspira profondément, puis se dirigea vers l'ascenseur. Impossible de revenir en arrière, à présent.

Eros avait choisi Central Park pour la cérémonie, au coucher du soleil, en se disant que ce serait plus fonctionnel et plus simple à organiser dans un délai aussi court. La semi-obscurité et les frondaisons garantiraient la discrétion, et les agents de sécurité bloqueraient l'accès au Ladies Pavilion où la juge avait accepté de les marier en vertu d'une licence spéciale.

En outre, la structure ouvragée en fonte vert clair du pavillon se trouvait à l'abri des arbres et offrait une vue splendide sur le lac.

Ne restait plus qu'à espérer que Priya n'ait pas une aversion pour la nature.

Il regarda le soleil se refléter sur la surface étale du lac et écouta les bruits de la ville, juste derrière les arbres. Manhattan n'avait rien de paisible, mais dans ce petit coin du parc on se sentait presque isolé sur un îlot de solitude.

— Tous les papiers sont en règle ; nous pouvons commencer, dit la juge. Êtes-vous sûr qu'elle est en chemin ?

Son mari l'avait accompagnée et servirait de témoin. Il attendait en silence, un peu en retrait.

— Elle va arriver, répondit Eros en adressant son sourire le plus charismatique à la femme d'un certain âge.

Il s'interdit de se retourner vers l'allée. Non, il n'était pas inquiet. Priya ne renoncerait pas à ce mariage-ci. Il avait fait en sorte qu'elle n'ait rien à fuir, mais il avait également veillé à ce qu'elle ne puisse pas disparaître sans qu'il en soit averti. Un garde du corps aguerri était chargé de l'accompagner, pour sa sécurité à elle autant que pour celle d'Eros.

Ses tempes se mirent à vibrer légèrement à cause de la fatigue due au manque de sommeil. Non seulement il devait garder un œil sur ses deux frères, mais son entreprise, Arcum Investments, venait juste de s'installer dans de nouveaux locaux flambant neufs, et avec une lune de miel à organiser impromptu, il avait eu une foule de choses à régler avant de disparaître avec Priya. Eros avait par ailleurs chargé son équipe de préparer l'acquisition de Davidson Khan Financial et d'apurer les dettes considérables de son P-DG. Ils vérifieraient tout, comme ils le faisaient avant de réaliser n'importe quel investissement.

Au moment où il sentait la tension monter en lui, la juge poussa un petit halètement. Suivant son regard, il se retourna et vit une vision éthérée apparaître à l'extrémité de l'allée.

Perchée sur ses hauts talons, Priya glissait vers lui. La veille, quand elle était sortie de l'ascenseur dans sa robe haute couture, il avait été frappé par la tristesse qui se lisait sur ses traits avant qu'elle se ressaisisse et affiche une expression sereine. Elle lui avait paru plus petite, comme si sa force intérieure avait été rognée. De toute évidence, elle n'était pas à l'aise dans ces flots de soie blanche. Alors qu'à présent sa force irradiait d'elle telle une aura lumineuse.

L'ensemble couleur ivoire mettait en valeur ses longues jambes et soulignait chaque courbe, chaque relief de son corps tandis qu'elle s'avançait vers lui, les perles du bustier scintillant comme des diamants lorsqu'elle traversait la lumière d'un réverbère.

Une expression confuse et surprise passa brièvement sur ses traits lorsqu'elle découvrit le cadre qu'il avait choisi. Altière, l'air serein, elle continua de glisser vers lui sur ses escarpins à hauts talons rouge vif qui tranchaient avec le blanc ivoire.

Eros n'aurait su dire pourquoi il fut content de la voir porter les vêtements qu'il avait choisis pour elle. Ils savaient tous deux qu'il ne s'agissait pas d'un vrai mariage. Il se permit néanmoins d'enregistrer mentalement la vision qui s'offrait à lui, remarquant avec plaisir qu'à l'inverse de la veille Priya était à peine maquillée et avait rassemblé ses longs cheveux en un simple chignon souple.

Peut-être n'étaient-ils pas si différents, au fond. Et le temps qu'ils allaient passer ensemble ne serait peut-être pas si insupportable, après tout.

— Vous êtes en retard, dit-il doucement.

Un léger sourire se dessina sur la bouche pulpeuse, en contradiction avec la lueur irritée qui traversa son regard.

Pour la première fois depuis des heures, Eros se détendit et retint un sourire, puis ils se tournèrent tous les deux vers la juge qui vint serrer la main à Priya.

Ensuite, tout se déroula très vite. Et lorsque arriva le moment de glisser l'alliance au doigt de sa femme, il sentit à sa grande surprise sa gorge se nouer à tel point qu'il ne put articuler un son.

Il s'était juré de ne jamais faire ce geste. De ne jamais promettre des choses impossibles à un autre être humain. Promettre à quelqu'un de l'aimer et de le chérir ne pouvait qu'engendrer déceptions et désillusions, et souffrance. Il le savait pour en avoir été témoin. Il inspira à fond et se força à se concentrer sur son objectif. À se rappeler qu'il ne s'agissait pas d'un engagement émotionnel et que, par conséquent, ils ne risquaient rien de ce côté-là.

Prenant le plus petit des deux anneaux en or, Eros le glissa lentement au doigt de Priya. Elle garda la même expression impassible, mais il sentit son doigt trembler sous le sien. Lorsque à son tour elle lui passa l'alliance au doigt, en le proclamant son mari et en promettant de l'honorer, il fut incapable de détourner les yeux des siens.

Après avoir apposé sa signature à côté de celle d'Eros sur plusieurs documents, Priya évita de croiser son regard et garda les yeux baissés, lorsque soudain un flash jaillit à quelques mètres d'eux, les enveloppant un instant dans une sorte de cocon lumineux.

Elle aperçut alors un photographe, un seul, debout sur les marches du pavillon, et tourna les yeux vers Eros qui ne réagit pas. Les agents de sécurité ne firent pas un geste pour arrêter le photographe, ce qui signifiait qu'il avait été invité.

Réalisant que la juge venait de dire quelque chose, Priya concentra son attention sur elle.

— Vous pouvez embrasser la mariée, poursuivit la femme d'un certain âge avec un grand sourire.

Priya resta pétrifiée sur place. Elle était habillée de blanc ivoire, Eros lui avait passé une alliance au doigt. Sceller cette union par un baiser était tout à fait naturel. Jusqu'à présent, leur arrangement avait paru purement théorique. Mais soudain tout paraissait incroyablement réel.

— Ce n'est pas nécessaire, dit-elle à la hâte.

Voyant la juge froncer les sourcils, Priya s'en voulut d'avoir réagi aussi brutalement.

— Elle est nerveuse, dit Eros d'une voix douce, et avec ce petit sourire en coin qui la troublait malgré elle.

Il la regarda un instant en silence avant d'ajouter :

— Je serais ravi d'embrasser ma ravissante épouse.

Pas question de se défiler. Elle n'était pas une lâche. Priya se força à sourire, rassembla tout son courage et se rapprocha de lui. Un petit baiser innocent ne compromettrait pas leur arrangement. Elle contrôlait la situation…

Jusqu'à ce qu'Eros lui passe un bras autour de la taille et la serre contre lui.

Elle laissa échapper un halètement, inspira, puis se força à lever les yeux et, comme au ralenti, vit Eros pencher son visage vers le sien.

Au même instant, ses lèvres effleurèrent les siennes, en même temps qu'il lui refermait doucement les doigts sur sa nuque. La chaleur de sa main se répandit en elle, l'embrasant tout entière tandis qu'Eros accentuait la pression de sa bouche. Il la provoquait, la poussait à réagir… Priya essaya de rester impassible, déterminée à ne pas répondre à la provocation, mais son corps ne semblait pas être du même avis.

Tout son être ne désirait qu'une chose : approfondir ce baiser… Elle serra les poings pour résister au désir absurde de glisser les doigts dans les cheveux d'Eros, se répéta que cet homme était son ennemi. Mais cela ne l'empêchait pas de trembler au moindre petit coup de langue sur ses lèvres et de se presser involontairement contre lui. Des courants brûlants se propageaient dans tout son corps. Des sensations délicieuses la parcouraient, de plus en plus intenses. Brusquement, Priya ne put plus résister et s'ouvrit à lui. Toute pensée rationnelle déserta son esprit tandis qu'elle s'enivrait du goût de la bouche qui prenait possession de la sienne. Et lorsqu'elle répondit aux caresses de la langue experte, elle entendit une plainte rauque monter de la gorge d'Eros.

Quelqu'un toussota discrètement, la juge laissa échapper un petit gloussement amusé, et le charme fut rompu. Priya se figea, choquée de s'être abandonnée aussi totalement. Eros la libéra aussitôt, comme choqué lui aussi par l'intensité et la sensualité de ce qu'ils venaient de partager. Mais elle sentait encore la chaleur de ses mains, sur sa nuque, sa taille...

— Je comprends pourquoi vous étiez aussi pressés de vous marier, dit la juge en souriant.

Puis elle leur serra la main et leur souhaita un long avenir heureux ensemble.

Le cœur battant à tout rompre, Priya s'avança bientôt aux côtés d'Eros en évitant de le regarder. Durant ces sept dernières années, elle était restée indifférente aux hommes superbes et puissants qu'elle rencontrait chaque jour. Elle et Eros étaient mariés depuis deux minutes et elle laissait déjà tomber ses défenses ? Qu'est-ce qu'il lui avait pris ? Repensant à l'abandon dont elle venait de faire preuve, Priya eut du mal à ne pas se détourner pour dissimuler son embarras et le trouble qu'elle ne parvenait pas à maîtriser.

Ils traversèrent le parc en silence, escortés par un trio de gardes du corps discrets, et se dirigèrent bientôt vers la limousine qui les attendait.

— La présence de gardes est-elle bien nécessaire ? demanda-t-elle d'un ton faussement détaché lorsque Eros s'installa à côté d'elle à l'arrière du véhicule.

Elle résista au désir de fermer les yeux pour mieux savourer les effluves subtils de menthe poivrée et de santal.

— Dès l'instant où vous m'avez épousé, mes ennemis sont devenus également les vôtres, répondit-il en se tournant vers elle. Disons que vous êtes un investissement de très grande valeur.

— Et le photographe ? Était-il là lui aussi pour me protéger ? répliqua Priya.

Son cœur continuait de battre comme un fou, elle se sentait complètement déstabilisée. Or elle détestait se sentir déstabilisée.

— Vous vous fichez peut-être de votre réputation, Eros, enchaîna-t-elle, mais si je veux diriger Davidson Khan, je dois soigner la mienne.

— Le photographe était là pour que la légitimité de notre mariage ne puisse pas être contestée. Rien ne sera publié dans les médias. Je vous l'ai dit, cet arrangement restera entre nous jusqu'à ce que je décide de le rendre public.

— Nous cacher n'est-il pas un aveu de faiblesse ?

— Patience, Priya. Il y a une différence entre se cacher par peur et garder le contrôle de la situation pendant que l'on se prépare à passer à l'assaut.

Priya réfléchit quelques instants, puis comprit ce qu'il voulait dire.

— Vous envisagez de prendre le contrôle de Mytikas ? Mais... comment ?

— La meilleure façon de détruire un royaume, c'est de le faire depuis le trône...

Il s'appuya nonchalamment en arrière et la regarda, les yeux mi-clos.

— Ne vous inquiétez pas, je n'envisage pas de modifier les termes de notre arrangement. Je ne vous demanderai pas de vous exhiber publiquement avec moi pendant l'année à venir. À la différence de votre précédent fiancé, je n'ai nul besoin d'entretenir mon image.

Priya se concentra sur sa respiration pour tâcher de se débarrasser de la tension qui l'étreignait et regarda les lumières de Manhattan défiler à toute vitesse derrière la vitre. Ils ne retournaient pas à l'appartement, réalisa-t-elle tout à coup. Ils quittaient déjà New York.

— Allez-vous enfin me dire où nous allons ?

— À l'aéroport, se contenta-t-il de répondre.

Inutile d'insister.

Elle avait accepté ses conditions, après tout.

5

Durant le vol New York-Athènes, Priya connut un bref répit car Eros enchaîna une série de vidéoconférences et étudia des documents arborant le même archer doré, le logo de son entreprise. Elle savait peu de choses sur Arcum Investments sinon qu'il s'agissait d'une société qui avait tranquillement et voracement envahi les marchés européens au cours des dix dernières années. À en croire la rumeur, l'entreprise connaissait une croissance exponentielle et ne craignait pas de prendre des risques.

Pas étonnant qu'elle ait l'impression d'avoir été ciblée par un prédateur. Priya avait encore du mal à accepter d'avoir été prise au piège, mais à quoi bon se rebeller. Elle était bel et bien la prisonnière d'Eros Theodorou jusqu'à ce qu'il en décide autrement.

Les quelques semaines à venir lui permettraient de s'organiser et de se préparer à prendre sa place à la tête de l'entreprise. Et après le divorce elle pourrait toujours faire comme si ce mariage n'avait jamais existé. Ils s'étaient mis d'accord sur une date. Dans un an elle pourrait oublier Eros Theodorou, et ce baiser.

Après avoir eu trois fiancés, elle avait épousé le dernier en date sans avoir pour autant connu de vie amoureuse. Vu sa réaction à un simple baiser, elle avait peut-être eu tort de négliger ses besoins élémentaires.

Depuis son mariage avorté avec son amour de lycée, Eric,

elle avait évité tous les hommes sans difficulté. Même quand elle avait été obligée de feindre d'être amoureuse de son précédent fiancé, elle n'avait rien ressenti. Pas la moindre étincelle de désir.

Or il lui avait suffi de poser les yeux sur Eros Theodorou pour que sa pauvre libido négligée proteste contre le traitement qu'elle lui avait infligé. Dès l'instant où les lèvres d'Eros avaient effleuré les siennes, toute pensée cohérente avait déserté Priya et elle n'avait plus désiré qu'une seule chose : que ce baiser se prolonge indéfiniment.

Agacée, elle se rendit compte qu'elle se passait le bout des doigts sur les lèvres au souvenir de ces instants brûlants. Elles semblaient encore gonflées et chaudes des caresses de la belle bouche experte… Priya se força à se concentrer sur le livre qu'elle avait acheté lorsqu'elle avait traîné dans les boutiques de l'aéroport pour éviter de se retrouver seule avec son mari.

Il avait provoqué en elle une réaction intense, certes, mais elle savait très bien que l'attirance sexuelle naissait aussi facilement qu'elle s'éteignait.

Fermant les yeux, Priya essaya de se concentrer sur les vibrations de l'avion pour ne pas entendre la voix au timbre de baryton qui parlait en grec rapide à une trentaine de centimètres d'elle.

Il était gaucher et gardait discrètement à portée de main un petit bloc de papier sur lequel elle était persuadée qu'il gribouillait. Les play-boys milliardaires s'adonnaient aux gribouillages ? Elle s'interdit de s'appesantir sur la question et s'efforça à nouveau, mais en vain, de se concentrer sur le livre ouvert devant elle.

Lors d'une nième conversation téléphonique, en anglais, il mentionna ses actions de Mytikas Holdings et évoqua un rendez-vous. Mais s'apercevant soudain qu'elle l'écoutait, il se leva et s'éloigna dans l'allée centrale tandis que Priya le suivait des yeux en ne pouvant s'empêcher d'admirer sa démarche féline.

Irritée par sa propre attitude, elle baissa les yeux sur son livre en se traitant d'idiote. Ce n'était qu'un homme. Un homme grand et bien bâti, mais néanmoins un simple mortel.

À un moment donné, elle réussit à s'endormir, son livre ouvert sur les genoux. Quand elle se réveilla, la cabine était plongée dans la semi-pénombre, quelqu'un avait incliné son fauteuil en arrière et étalé une couverture sur elle, et son livre était posé sur la table latérale.

Priya se tourna instinctivement sur sa gauche et vit Eros endormi dans la même position qu'elle et le visage totalement détendu. Elle avait dormi pendant presque cinq heures et le pilote s'apprêtait à amorcer la descente au-dessus d'Athènes. Par le hublot, elle vit le soleil se rapprocher lentement de l'océan, avec la ville en arrière-plan.

Lorsque l'avion atterrit, elle se tourna à nouveau vers Eros et fut frappée par son allure impeccable. Les cheveux blonds étaient déjà attachés soigneusement et la chemise de créateur n'avait quasiment aucun pli. Alors que de son côté… Son mascara avait dû couler, et sa robe confortable et le legging choisis pour le voyage étaient dans un état pitoyable.

Ils descendirent de l'appareil les premiers et se dirigèrent vers la voiture qui les attendait. La seule fois où Eros s'adressa à elle, ce fut pour lui annoncer qu'il l'emmenait sur son île privée et que l'on ne pouvait y accéder qu'en hydravion, les vents étant trop violents pour s'y rendre en hélicoptère. Puis il garda le silence durant le court trajet en voiture.

Lorsque le chauffeur se gara le long d'un quai, ils sortirent du véhicule et, sidérée, Priya vit Eros s'apprêter à monter à bord d'un petit avion blanc.

— Où est le pilote ?

— En face de vous, répondit-il en chaussant des lunettes de soleil d'aviateur. Y a-t-il un problème ?

— Vous avez votre brevet de pilote, je présume ?

— Bien sûr. Vous voulez voir mon carnet de bord ?

— Je… Non, je vous crois, dit-elle en s'efforçant de se détendre.

Après l'avoir invitée à monter à bord, il chargea lui-même leurs bagages à l'arrière de l'hydravion puis vint la rejoindre.

Une fois installé aux commandes de l'appareil, Eros prit rapidement de l'altitude. Il regardait droit devant lui, parfaitement à l'aise et sûr de lui tandis que l'avion continuait à monter au-dessus de la mer parsemée d'îles.

Fascinée par la beauté du panorama, Priya oublia son anxiété. Eros lui désigna les îles les plus importantes, lui donnant ainsi une idée de l'endroit où ils se trouvaient, jusqu'à ce qu'il lui annonce qu'il allait amorcer la descente. Au même instant, elle aperçut une petite île dont la forme rappelait vaguement celle d'un cœur. Ou d'un papillon.

Elle tressaillit lorsque l'appareil entra en contact avec la surface de l'eau avant de se mettre à osciller d'un côté et de l'autre tandis qu'Eros entrait dans le port de plaisance qui s'avançait en pointe entre deux plages de galets.

À l'arrière du port, le terrain en pente grimpait jusqu'à un haut plateau sur lequel Priya distingua les contours d'une grande villa blanche.

Voyant qu'Eros commençait à décharger les bagages, elle s'avança vers lui pour l'aider.

— Je vous aurais cru incapable de vous passer de personnel.

Il la regarda en haussant un sourcil.

— Sans blague...

Comme elle se contentait de hausser les épaules, il laissa échapper un petit rire moqueur et prit les derniers bagages.

— Je crains que nous devions nous débrouiller tout seuls, poursuivit-il. Il n'y a pas de personnel ici, princesse.

Priya frémit intérieurement. Elle avait dû mal comprendre. Il y avait forcément du personnel – Eros Theodorou était milliardaire, non ? Et puis, il fallait bien que quelqu'un entretienne la villa, la propriété... Ils n'allaient pas rester seuls sur cette île minuscule, dans cette villa perchée en haut de la colline...

Il referma la porte de l'hydravion et se tourna vers elle.

— Le couple qui vit habituellement sur l'île et s'occupe de tout est en vacances. Je leur ai octroyé un congé bien mérité.

— Vous... Pou... Pourquoi ?

— Je vous ai prévenue qu'il n'y aurait aucun contact avec le monde extérieur.

Priya domina sa colère à grand-peine, d'autant plus que le petit sourire amusé d'Eros ne lui avait pas échappé. Si elle n'avait pas accepté ses conditions, elle aurait *exigé* qu'il la reconduise immédiatement à l'aéroport.

— Vous auriez pu avoir au moins la décence de choisir un endroit bénéficiant d'un accès Internet, répliqua-t-elle d'un ton glacial.

Eros soutint le regard de Priya et ne put s'empêcher de s'en vouloir un peu. Il n'avait pas envisagé cette période d'isolement comme une réclusion pour elle, mais maintenant qu'ils étaient arrivés...

Il soupira et la regarda prendre sa valise avant de s'avancer devant lui sur le ponton de bois.

Habitué à obtenir ce qu'il voulait, il s'était assuré que son épouse n'ait aucune chance de le doubler. Mais si elle voulait vraiment s'en aller, il ne l'en empêcherait pas. Il la reconduirait lui-même à Athènes sans lui poser de questions. Il n'était pas son geôlier. D'un autre côté, elle avait accepté de rester avec lui jusqu'à ce qu'ils aient atteint leurs buts respectifs et il n'avait pas l'intention de s'excuser de protéger ses propres intérêts, vu la manière dont elle s'était comportée avec ses ex-fiancés.

Arrivant au bas de la route qui grimpait jusqu'au sommet de la colline, il lui demanda de s'arrêter et se tourna vers le large loquet en métal incorporé dans la roche puis entra un code sur le clavier situé à côté de la porte. Celle-ci coulissa vers le haut, révélant le hangar qui contenait un second hydravion et quelques véhicules électriques de taille plus modeste.

Se dirigeant vers la jeep blanche aux lignes épurées, il ouvrit la portière et la tint ouverte avant de se retourner vers Priya, qui contemplait avec beaucoup d'intérêt le petit cabriolet deux-places.

— Je n'avais encore jamais vu ce modèle. Il est électrique ? demanda-t-elle en passant délicatement la main sur le capot.

Intrigué, il la vit soulever le capot pour regarder à l'intérieur.

— Il n'a pas encore été mis sur le marché, l'hydravion non plus. J'autorise mon équipe à venir tester les prototypes sur l'île.

— Vous êtes propriétaire de la marque ?

— J'ai investi dans leur start-up. J'aime l'idée de voyage écoresponsable entre les îles. Les véhicules de terrain sont un bonus.

— Tout est électrique ? demanda-t-elle en suivant des yeux les câbles jusqu'au panneau incrusté dans la roche.

— Oui. L'île fonctionne principalement à l'énergie solaire et éolienne.

Il s'avança vers Priya, fasciné par l'intérêt qu'elle montrait et ses connaissances manifestes en la matière.

— Il n'y a pas vraiment beaucoup de place pour les bagages, dit-il en s'arrêtant derrière elle.

Comme mue par un déclic, elle se redressa aussitôt et s'écarta d'un pas, puis referma le capot.

— Mon père collectionnait les voitures anciennes.

— J'ai du mal à vous imaginer les mains pleines de cambouis.

— Ma mère a fait de son mieux pour me transformer en jeune fille modèle de la haute société, mais mon père m'a dit que je pouvais devenir ce que je voulais. J'ai décidé que je voulais être… lui, dit-elle avec un haussement d'épaules.

— Vous a-t-il imposé toute cette pression, ou vous l'êtes-vous imposée vous-même ?

— Je désirais travailler à ses côtés, répondit-elle en redressant la tête. Et œuvrer avec lui à son projet de transformer l'empire financier familial en force positive plutôt que l'inverse.

Ses paroles le frappèrent, lui rappelant ce qu'il avait été autrefois. Elle avait vingt-sept ans, sept de moins que lui, mais elle vibrait d'une magnifique énergie positive. Il eut envie de lui parler de ce qui l'avait conduit à s'exiler de l'empire de Zeus mais s'en abstint. Ils n'étaient pas venus là pour participer à un atelier de thérapie.

Elle n'avait pas à savoir combien il avait pu être naïf, ni ce que cette île représentait pour lui. À la mort de son beau-père, survenue dix ans plus tôt, Myrtus était tout ce qui restait de la fortune modeste de Stavros Theodorou. Il n'avait pas été riche comme Zeus, mais il avait fait des investissements judicieux.

Lorsque Eros était revenu en Grèce, humilié et brisé, Stavros l'avait redynamisé avec son projet de développement pour Myrtus. Le travail communautaire avait été la grande passion de son beau-père. Mais Arcum avait vu le jour et Eros était devenu obsédé par sa soif de vengeance. Chaque fois que, rongé par la culpabilité, il décidait de prendre le temps de retourner à Myrtus pour démarrer le projet, quelque chose l'en empêchait.

Puis Stavros était mort et, brusquement, Eros avait remis tout cela à plus tard.

Lorsque, après avoir chargé les bagages à l'arrière de la jeep, ils s'installèrent à bord du véhicule qui entreprit bientôt l'ascension de la pente abrupte conduisant au sommet de l'île, Eros sentit le passé peser sur lui de tout son poids.

Il n'avait que cinq ans à l'époque où son beau-père avait acheté l'île déserte pour l'offrir à sa femme qu'il comblait de présents extravagants, dans le vain espoir de la retenir. Arista préférait les longs voyages lointains à la vie de famille. Même quand elle était à la maison, elle n'était jamais vraiment présente. Quand Eros avait commencé à bégayer, c'était Stavros qui l'avait emmené à ses séances d'orthophonie. Sa mère disait qu'il n'avait aucun problème, qu'il simulait pour que l'on s'intéresse à lui.

Jusqu'à l'âge de dix ans, les seuls moments s'apparentant vaguement à une vie de famille, il les avait connus sur cette île. Mais tout était devenu une cause de stress émotionnel pour lui. Il était hypersensible à la moindre parole un peu vive, au moindre haussement de ton, et son bégaiement avait réapparu.

C'était là, sur cette île, que sa mère avait fait signer les papiers du divorce à Stavros. C'était là qu'Eros avait été témoin pour la première fois de la violence qui pouvait sourdre de deux personnes n'étant plus liées par aucun sentiment. Il n'y avait jamais eu de violence physique, mais Eros avait découvert que les mots pouvaient être encore plus mortels. Et que la plus grande arme de l'arsenal de sa mère était le fils que Stavros adorait et aimait comme le sien.

Dans les derniers jours de leur mariage, Stavros avait organisé fête après fête pour essayer de faire revenir sa femme à la maison. Mais être la femme de Stavros Theodorou n'intéressait plus Arista. Elle visait beaucoup plus haut.

Après l'avoir définitivement perdue, Stavros avait sombré dans l'alcoolisme qui le guettait depuis toujours, et l'île était devenue une prison pour Eros lorsqu'il y séjournait.

La rumeur d'une liaison entre Arista et Zeus Mytikas courait depuis des années lorsqu'il fut finalement révélé publiquement qu'elle vivait avec lui à New York. La nouvelle avait fait la une de tous les tabloïds, mais personne n'avait jamais soupçonné que ce « secret » en cachait un autre, lequel avait provoqué un véritable tsunami médiatique.

Eros était en fait le fils de Zeus. Il avait toujours su que Stavros n'était pas son père biologique mais cela ne lui avait jamais posé de problème. Il avait préféré ne pas connaître l'identité de son géniteur.

Revenant au présent, il contempla l'imposante villa qui apparaissait au bout de la route et tenta de refouler le souvenir du jour où il avait découvert que son géniteur avait toujours été au courant de son existence, mais avait dépensé une petite fortune pour s'assurer que son épouse, qui appartenait à la haute société athénienne, ne l'apprenne jamais. L'épouse légitime qui avait fini par mourir après une longue maladie, laissant Zeus sans héritier.

À partir de ce jour, rien n'avait plus été pareil pour Eros.

Il huma la brise parfumée et essaya d'oublier les souvenirs douloureux, irrité d'avoir laissé ses pensées dériver ainsi. Puis il réalisa subitement que Priya était restée immobile et silencieuse à côté de lui durant le trajet de dix minutes. Aucun murmure d'admiration devant la vue des prairies en fleurs entourant la route à une voie reliant la villa à la baie. La tension monta en lui tandis qu'ils prenaient l'allée plutôt raide qui conduisait à la villa. Des arbrisseaux aromatiques, du myrte, d'où le nom de l'île, Myrtus, flanquaient la large bâtisse.

Lorsque la villa apparut tout entière, Priya ne s'extasia ni devant sa beauté, ni devant le panorama spectaculaire qui s'offrait depuis le sommet de la colline. Elle ouvrit sa portière dès qu'Eros s'arrêta, descendit de la jeep et prit sa valise et son sac avant même qu'il ait sorti la clé du contact.

— Dans le genre cage, celle-ci est assez belle, vous ne trouvez pas ? lança-t-elle en haussant les sourcils.

Priya avait devant les yeux la plus belle villa qu'elle eût jamais vue. Sur la façade blanchie à la chaux, une profusion de bougainvillées roses et violettes grimpaient jusqu'aux tourelles qui se dressaient à chaque coin de la bâtisse.

S'avançant sous l'arche d'entrée, elle déboucha dans une cour noyée de soleil et offrant une vue extraordinaire sur la mer Égée. Eros la suivait, le visage fermé.

Sans se soucier de lui, elle continua d'avancer et découvrit une magnifique fontaine dont le bassin circulaire était dominé par une imposante statue représentant un homme nu qui tendait le doigt vers le ciel. Cet endroit était impressionnant, et pas déplaisant...

Elle ferma les yeux en se demandant comment elle allait bien pouvoir survivre à une semaine, voire trois semaines, de vacances forcées. Ces dernières années, elle n'avait quasiment pas arrêté de bouger, toujours en quête d'un nouveau but, d'un nouveau projet, d'une nouvelle avancée qui la rapprocherait de son but.

S'interdisant de céder aux sombres pensées qui l'envahissaient, elle attendit qu'Eros ait déverrouillé les portes de la terrasse, avant de le suivre dans un immense séjour ouvert.

Toute la luminosité de l'extérieur se reflétait dans les pavés couleur crème et les somptueux sofas incurvés, l'ensemble conférant à l'espace une allure contemporaine qui ne faisait que mettre en valeur le caractère intemporel et incontestablement grec du reste de la décoration.

À l'intérieur, le cadre des fenêtres était du même bleu qu'à l'extérieur. Pas de paroi vitrée, ici. De toute évidence, la maison avait été rénovée au cours des dernières années, mais elle conservait un style classique résolument grec.

Priya se souvint des paroles d'Eros à propos de son appartement new-yorkais. Il avait dit qu'il aimait « prendre une tranche d'histoire, la conserver et la mettre en valeur en l'associant avec du contemporain ».

— Vous êtes bien silencieuse, dit la voix grave derrière elle.

— Qui sait, je suis peut-être trop heureuse pour parler.

— Silencieuse et sarcastique, en plus.

Il apparut à côté d'elle et inclina la tête de côté, avant de la dévisager avec une telle acuité qu'elle eut du mal à soutenir son regard.

— Exactement ce que tout jeune marié attend de sa femme le soir de leur lune de miel, poursuivit-il lentement.

— J'essaie de me faire à ma nouvelle situation, c'est tout, répliqua-t-elle d'un ton dégagé.

S'arrêtant devant la bibliothèque, elle passa le bout du doigt le long d'un rayon sur lequel s'alignaient des romans écrits dans toutes sortes de langues. *Leur lune de miel*, songea-t-elle en s'efforçant d'ignorer la sensation qui frémissait dans son ventre.

Une fausse lune de miel, naturellement.

— Vous regrettez d'avoir renoncé à votre mariage huppé ?

La voix s'était rapprochée, empreinte d'une tension si étrange que Priya s'éloigna instinctivement d'un pas.

— Je ne regrette rien, dit-elle en redressant les épaules.

Elle se retourna et le regarda bien en face.

— J'ai signé un contrat, comme vous.

— Un contrat dans lequel j'aurais peut-être dû inclure la consommation de notre mariage, ici, sur cette île romantique, repartit-il avec cet impossible petit sourire en coin.

— Je ne l'aurais pas signé, dans ce cas, riposta-t-elle sèchement. Je ne tombe pas en pâmoison devant le premier venu.

— Ah... Et cela vous arrive souvent d'embrasser *le premier venu* et de gémir de plaisir ?

— Vous avez une imagination débordante, répliqua Priya d'un ton cinglant.

— Nous pouvons recommencer, si vous voulez – histoire de vous rafraîchir la mémoire. Je brûle de faire un nouvel essai. En privé, cette fois.

Les paroles d'Eros rallumèrent en elle le même feu, le même désir qu'elle avait si longtemps enfoui au plus profond de son être. Elle n'était plus la petite fille d'autrefois, elle ne rêvait plus d'épouser l'homme idéal qui lui garantirait protection et sécurité. À présent, le mariage représentait pour elle l'opposé de la sécurité. Elle se sentait vulnérable et déstabilisée rien qu'en entendant Eros prononcer ces mots.

Redressant le menton, Priya soutint le regard bleu perçant et se demanda encore une fois comment elle avait pu se fourrer dans une situation pareille. Se retrouver seule sur une île avec cet homme qui était une véritable force de la nature et qui semblait résolu à la faire sortir de sa zone de confort. Elle devait lui montrer qu'elle n'était pas une poupée, une marionnette que l'on pouvait manipuler à sa guise. Et puis, elle était sa femme, maintenant.

Sa femme. Un frisson lui parcourut l'échine à cette pensée.

Choquée par sa propre audace, Priya s'avança vers lui jusqu'à ce que leurs corps ne soient plus séparés que par quelques centimètres, puis se força à lever les yeux vers les siens.

— Que les choses soient bien claires entre nous. J'ai peut-être accepté de vous épouser, mais je ne me suis pas transformée pour autant en un objet dont vous seriez le propriétaire. Je ne suis pas une montre à gousset que l'on exhibe sur le gilet d'un costume trois-pièces.

Un éclat sauvage traversa les yeux d'Eros mais il ne rit pas. L'air parut s'épaissir entre eux. Priya fut envahie par une chaleur incontrôlable et eut l'impression d'être nue sous le regard incandescent dardé sur elle. Rassemblant tout son courage, elle haussa les sourcils d'un air hautain et se détourna avant de continuer son exploration des lieux, tout en sentant le regard brûlant d'Eros suivre le moindre de ses gestes.

6

Priya avait menti en disant qu'elle avait besoin de dormir un peu. Ayant veillé lui-même à ce qu'elle soit confortablement installée dans l'avion, il l'avait vue dormir à poings fermés et regardée un long moment avant de s'assoupir à son tour.

Décidément, cette femme l'intriguait. Il désirait en savoir davantage sur elle.

Agacé par cette pensée, Eros fronça les sourcils et déposa ses bagages dans sa suite, puis se déshabilla rapidement et alla prendre une douche. Si une femme pouvait influencer à ce point son humeur, il filait un mauvais coton, se dit-il en se frottant vigoureusement. Et pourquoi tenait-il autant à savoir si elle aimait cette fichue île, bon sang ?

Il sortit de la salle de bains et se dirigea vers la petite urne restée sur le guéridon, à côté de l'une des larges fenêtres de son salon. Il l'avait posée là le lendemain des obsèques de Stavros, puis, bouillant de colère, il était parti sans même se fendre d'un dernier adieu.

Myrtus avait été le bien le plus précieux de Stavros, et il y avait passé ses derniers jours en reclus. Complètement coupé du reste du monde.

Eros avait souvent été obligé de supporter ses diatribes d'ivrogne contre la femme qui l'avait quitté. Il avait vu et entendu trop de choses pour son âge. Le mariage de sa mère avait été si malheureux et si mouvementé qu'il avait été soulagé et heureux d'apprendre qu'ils allaient divorcer.

Son bonheur avait été de courte durée. Durant plusieurs années, il était devenu un instrument de vengeance entre deux adultes haineux et immatures sur le plan émotionnel. Jusqu'à ce qu'il ait enfin ses dix-huit ans.

Les souvenirs des longs mois passés à errer seul sur cette île restaient douloureux. Mais Eros en avait gardé d'autres, ceux de moments heureux passés avec son beau-père. Et c'était ici que Stavros avait choisi de reposer en paix.

À présent, Arista devait commencer à réaliser que son fils l'avait doublée. Pour un peu, il aurait regretté de ne pas lui avoir annoncé lui-même la nouvelle. Cela faisait-il de lui un être aussi haïssable qu'elle ? Peut-être, mais s'il y avait tant de haine en lui, c'était à cause d'Arista et de ses choix.

Traversant sa chambre, il s'arrêta devant le miroir et contempla son reflet. Le moment était peut-être venu de faire ce *qu'il* voulait. Ces dernières années, il n'avait pas cessé de voyager, occupé à développer son empire. En dépit de sa réputation de play-boy et de fêtard, cela faisait une éternité qu'il n'avait pas pris le temps de s'amuser un peu.

Déterminé à gérer ses affaires à l'insu de Mytikas, il avait consacré tous ses efforts et toute son énergie au travail, déléguant un minimum à ses directeurs.

En fin de compte, la perspective de passer quelques semaines au soleil dans ce petit coin de paradis n'était pas si repoussante.

À condition d'amadouer la compagne boudeuse qui portait son alliance au doigt et… son nom.

Priya n'était qu'une riche héritière parmi d'autres, se rappela Eros. Il aurait dû la haïr, elle et tout ce qu'elle représentait. La haïr d'avoir accepté d'entrer dans cet univers factice régi par la corruption et rythmé par les réceptions mondaines. L'univers répugnant où évoluait Xander.

Or, au lieu de la haïr, il cherchait à percer l'image sereine qu'elle présentait au monde.

Il repensa à leur baiser. À la teinte cerise qu'avaient prise les belles lèvres sensuelles. À l'éclat mordoré des magnifiques yeux bruns. Quand elle avait cessé de lui résister, un sentiment d'exultation l'avait envahi. Elle s'était abandonnée contre lui, cédant à l'alchimie intense qui vibrait entre eux.

Sa libido réagit instantanément à l'image érotique qui se profilait dans son esprit. Il s'efforça de la repousser. Il avait trop chaud. La chaleur se déploya inexorablement en lui, tout son corps se banda, réclamant l'assouvissement. Mais pas avec n'importe qui. Son corps *la* réclamait. Eros brûlait de faire tomber l'armure derrière laquelle elle se cachait, de voir Priya renoncer complètement à tout contrôle.

Si la simple pensée de faire l'amour à sa femme l'affectait à ce point...

Il sortit sur le balcon, vêtu d'une seule serviette blanche lui ceignant les hanches.

Juste quelques semaines sur cette île. Quelques semaines, et ensuite leurs chemins se sépareraient et il serait libre d'aller se défouler où il voulait et avec qui il voulait, et d'apaiser ce désir obsédant qui semblait ne pas vouloir le lâcher. Bientôt, il aurait enfin débarrassé cette terre de la toute dernière trace du passage de Zeus Mytikas.

Priya se dissimula derrière l'un des piliers qui flanquaient ce qu'elle avait pris pour *son* balcon alors qu'en réalité il ne s'agissait manifestement que de l'extension de celui de la chambre de son mari.

Le mari qui, à moitié nu, renversait la tête en arrière pour offrir son visage à la brise montant de la mer.

Fascinée par la vision qui s'offrait à ses yeux, elle le regarda en retenant son souffle, puis recula sur la pointe des pieds et rentra dans sa chambre avant de refermer doucement la porte-fenêtre, et d'aller se jeter à plat ventre sur son lit.

Cet homme impossible avait délibérément ravivé le souvenir du baiser passionné dont elle gardait encore le goût sur ses lèvres. Il avait voulu la déstabiliser et la faire rougir. La façon dont il l'avait regardée... On aurait dit qu'il voulait la dévorer.

Lorsqu'elle avait compris que l'attirance qu'elle éprouvait pour lui était réciproque, le désir enfoui au plus profond d'elle-même s'était comme réveillé. Et maintenant, elle avait un mal fou à le remettre à sa place. Or, si elle ne se ressaisissait pas, elle risquait fort de se retrouver dans une situation très embarrassante.

Durant les quelques minutes passées à le regarder en catimini, Priya l'avait vu pousser un long soupir et avait aperçu les minuscules rides auréolant ses yeux. Les rides du sourire. Eros Theodorou souriait si souvent qu'il en gardait la marque sur son visage. D'autre part, elle avait été stupéfaite de voir combien il était à l'aise avec son propre corps. Quel effet cela faisait-il de se laisser aller à un tel abandon ? Au plus loin que remontaient ses pensées, elle avait toujours entendu les autres commenter son sérieux. Une petite fille était censée sourire, lui avait dit sa mère lorsque Priya avait renoncé aux goûters raffinés, préférant la lecture ou une partie de billard avec son père.

Celui-ci l'avait toujours encouragée à être elle-même, qu'ils travaillent ensemble sur ses voitures anciennes ou qu'ils restent tranquillement à lire assis l'un à côté de l'autre dans la bibliothèque. Sa mort soudaine l'avait frappée cruellement.

Ensuite, Priya était devenue une jeune fille et sa beauté une valeur plus sûre que son intelligence. La propension de sa mère à la pousser vers les membres du sexe opposé s'était accrue. Au début, Priya avait pensé que c'était sa façon de se rapprocher d'elle. Mais bientôt la quête de l'homme approprié avait semblé être le seul sujet de conversation et le mariage le seul idéal à atteindre. Elle n'avait plus eu le droit de jouer au billard ni aux échecs, ni de travailler à l'atelier, mais avait été forcée de suivre des cours d'élégance, de maintien, de bonnes manières, et de fréquenter les filles des amis fortunés de ses parents. Le choix du moindre de ses vêtements avait d'abord dû être approuvé, et ses activités parascolaires s'étaient vues réduites au profit de dîners de charité et autres manifestations mondaines.

Quand elle avait rencontré Eric, la pression s'était accentuée. Ce qui aurait dû n'être que les premiers émois amoureux d'une adolescente s'était transformé en une véritable mise en scène de théâtre. Tout s'était précipité, en vue d'un mariage imminent. Priya avait dix-huit ans.

À bien y repenser, elle avait toujours su que les manipulations de sa mère cachaient quelque chose. La veille de son mariage, elle était allée dans l'ancien bureau de son père, comme elle le faisait quasiment chaque soir. Elle s'était assise dans le grand fauteuil en cuir et avait sangloté. Il lui manquait tellement. Elle aurait tellement voulu qu'il la conduise à l'autel.

Puis, cherchant des mouchoirs en papier, elle était tombée sur le testament de son père. C'était écrit là, noir sur blanc. Elle héritait de tous ses biens, y compris ses actions de Davidson Khan. Il lui léguait tout, mais son héritage lui resterait inaccessible jusqu'à ce qu'elle se marie ou ait trente ans.

Les dernières paroles que sa mère lui avait adressées ce jour-là, après avoir pleuré puis l'avoir suppliée de revenir sur sa décision d'annuler son mariage, demeuraient gravées dans l'esprit de Priya à tout jamais.

« Tu seras toujours seule. »

Elle avait été le plus grand échec de sa mère et, quand elle avait fini par accepter qu'elle ne correspondrait jamais au rôle que celle-ci avait prévu pour elle, Priya avait endossé celui de la brebis galeuse avec enthousiasme. Se passant de toute aide financière, elle était entrée à l'université après avoir obtenu une bourse et n'avait jamais regardé en arrière. Puis elle avait accepté un stage dans une entreprise concurrente et s'était immergée dans le travail qu'elle aimait.

Soudain épuisée, alors qu'elle avait dormi durant une bonne partie du vol, elle se retourna sur le dos et se posa le bras sur le visage. Elle avait l'habitude de voyager – elle avait pas mal bourlingué avec Aria après la fin de ses études –, mais elle n'avait jamais pu se détendre comme y réussissait si bien son amie. Elle l'avait regardée sortir avec des jeunes hommes sans jamais l'imiter. Après avoir obtenu une promotion, elle avait accepté d'aller travailler dans les bureaux situés à l'étranger et s'était alors acquis une réputation de collaboratrice infatigable et fiable, et un peu exigeante.

Elle s'était libérée de la cage dans laquelle on l'avait enfermée et avait pris le temps de découvrir qui elle était.

Mais sans jamais parvenir à effacer la voix de sa mère qui lui rappelait en sourdine qu'elle était seule.

Priya se réveilla en sursaut dans l'obscurité totale. Stupéfaite, elle réalisa qu'elle s'était endormie et, jetant un coup d'œil à sa montre, constata avec stupeur qu'elle avait dormi pendant presque quatre heures.

Après avoir pris une douche rapide, elle enfila un jean skinny blanc et un chemisier bleu ciel brodé de petites perles autour du col. L'ensemble était élégant mais pas trop habillé.

Brusquement, elle se demanda qui préparait le dîner, puisqu'il n'y avait pas de personnel sur l'île.

Elle fut renseignée dès qu'elle entra dans la cuisine spacieuse située à l'arrière de la maison.

Lui tournant le dos, Eros s'affairait devant la cuisinière ultramoderne, entouré de casseroles et d'ustensiles dernier cri.

— Vous avez besoin d'aide ? demanda Priya après s'être éclairci la voix pour ne pas l'effrayer.

— Ah, fit-il en tournant brièvement la tête vers elle. La princesse est enfin sortie de son profond sommeil. Vous pouvez mettre la table, si ce n'est pas trop vous abaisser.

— Auriez-vous oublié que vous êtes vous aussi l'héritier d'une immense fortune ?

— En effet, mais cela m'amuse quand on fait allusion à mon droit de naissance...

Il tourna à nouveau brièvement la tête vers elle.

— Lorsque vous me regardez de cette façon, avec ce ravissant petit pli entre vos sourcils et que vous soufflez, vous me faites un peu penser à un cheval irrité.

— Un cheval, répéta-t-elle lentement. Et je *souffle*.

— Un étalon, si vous préférez.

Il fit volte-face et la dévisagea en haussant un sourcil.

— Oui, plus un étalon qu'une jument, je pense. Surtout si l'on pense à votre brillant parcours.

Priya se dirigea vers l'un des placards, choisit une nappe, puis ouvrit un tiroir et en sortit des couverts avant de s'avancer vers la grande table en marbre.

— Vous avez enquêté sur mon parcours ?

— Naturellement. Je ne pouvais tout de même pas me marier sans savoir quelle plus-value ma future épouse avait apportée à son dernier employeur en date. N'est-ce pas ainsi que commencent tous les beaux contes de fées ?

Elle ne put s'empêcher de rire. Ce fut plus fort qu'elle.

— Et je suis la princesse de celui-ci, je suppose ?

— Réflexion faite, je suis prêt à vous présenter mes excuses pour mes remarques sur votre enfance privilégiée et votre comportement hautain. J'avoue que je me sens maintenant stupide de ne pas avoir réalisé que le titre de reine ou d'impératrice vous conviendrait beaucoup mieux.

Priya garda le silence tandis qu'elle lissait la nappe puis disposait les couverts.

— Et vous, j'imagine que vous êtes le preux chevalier du conte.

— Oh ! non, pas du tout, dit-il en s'avançant vers elle avec deux grandes assiettes. Je suis bien trop égoïste pour être un héros d'aucune sorte.

— Vous êtes le méchant, alors.

— Peut-être. Mais j'ai toujours pensé que même le méchant avait ses raisons d'agir comme il le fait.

Immobile à côté de la table, Priya réfléchit à ces paroles.

Vu la façon dont elle avait plaqué Xander, elle pourrait elle aussi passer pour une méchante. Elle se sentit mal à l'aise à la pensée que des gens pourraient la blâmer sans savoir ce qui se cachait derrière ce projet de mariage. Mais n'avait-elle pas fait exactement la même chose vis-à-vis d'Eros ?

La vue du risotto aux fruits de mer coupa court à ses interrogations. Livrés par un pêcheur venu d'une île voisine, expliqua Eros. Priya huma les délicieux effluves de fruits de mer, de plantes aromatiques et de légumes... Lesquels provenaient probablement du jardin.

Ils ne parlèrent ni l'un ni l'autre en dégustant leur risotto. Elle essaya bien de manger lentement, mais son assiette fut vidée en un clin d'œil.

— Une femme de la haute société dotée d'un solide appétit, dit-il d'un ton taquin en se penchant pour soulever son assiette. On n'est jamais au bout de ses surprises.

— Comme vous dites. Qui aurait pu imaginer de voir le puissant milliardaire se métamorphoser en cordon-bleu ? répliqua-t-elle sur le même ton.

Quand il éclata d'un rire bref et franchement amusé, Priya réalisa avec horreur qu'elle *savourait* sa compagnie et que cela risquait de contrarier ses plans.

Dans cet arrangement, Eros était son allié, mais pour le reste, elle le voyait plutôt comme une menace. Une force dangereuse prête à fondre sur elle et à chambouler son univers bien ordonné.

Il revint avec un autre plat, contenant cette fois de l'espadon accompagné d'un assortiment de légumes tendres, assaisonnés d'huile d'olive et de jus de citron. À la première bouchée, Priya retint un gémissement de plaisir en sentant un bouquet de saveurs exquises exploser sur son palais.

Son mari était décidément un type impossible. En plus d'être un apollon, il faisait des prodiges dans la cuisine.

— Je serais curieuse de savoir comment vous avez trouvé le temps d'apprendre à cuisiner, entre votre vie de play-boy et celle de fondateur et P-DG d'un empire secret..., dit-elle entre deux bouchées.

— Cette fois, vous me faites passer pour un vrai méchant, dit-il avec un petit sourire en coin. J'ai appris à cuisiner ici même, figurez-vous. Durant mon adolescence, j'ai passé beaucoup de temps sur cette île. Les gens qui vivent à Myrtus et cultivent la terre tiennent un petit restaurant sur l'île voisine. Ce sont eux qui m'ont appris quasiment tout ce que je sais. Notamment à piloter un hydravion, à faire du vin et de l'huile d'olive.

— Une adolescence idéale, en somme, dit Priya.

Le visage d'Eros se rembrunit.

— Vous revenez souvent ici ? enchaîna-t-elle.

— Oui, environ une fois tous les dix ans, répondit-il d'un ton neutre.

— Pourquoi pas plus souvent si vous aimez cet endroit ?

— Mon beau-père est mort ici.

Quand elle vit une expression torturée traverser les yeux bleus, elle dut résister à l'envie de lui poser la main sur le bras. Elle savait ce que c'était. Elle avait perdu son père.

— Vous étiez proches ?

— Qu'est-ce que cela peut bien faire, une fois qu'ils sont partis ? répliqua-t-il avec un haussement d'épaules.

Il tenta de sourire mais ne réussit qu'à faire une petite grimace. Priya sentit des choses étranges dans sa poitrine. Elle entrouvrit les lèvres, désireuse de le questionner davantage, mais il changea rapidement de sujet.

Une fois le repas terminé, il prépara deux cocktails et l'invita à le boire sur la terrasse. Elle aurait aimé l'interroger, en savoir davantage sur lui, mais quelque chose la retenait.

— Inutile de conserver votre façade de princesse de glace avec moi, dit soudain Eros en se tournant vers elle. Je ne vais pas vous sauter dessus au premier signe de bonté, si c'est ce que vous craignez.

— Je ne sais que penser de vous, dit-elle, sincère. C'est ça, le problème.

— Pourquoi est-ce un problème ? Vous avez besoin d'étiqueter tous les gens avec qui vous êtes en contact ?

— Quand vous dites ce genre de chose...

Priya détourna les yeux. Pourquoi percevait-il ce à quoi les autres ne prêtaient pas la moindre attention ? Personne ne lui avait jamais posé de questions sur son comportement. Mais dès les premiers mots qu'ils avaient échangés, Eros l'avait *vue*. Et elle ne savait pas si cela l'inquiétait ou l'excitait.

L'exciter ? Elle repoussa aussitôt une telle éventualité. Avec cet homme, elle ne pouvait s'attendre qu'à de la trahison et de la manipulation, et elle ferait bien de ne pas l'oublier.

Eros était un séducteur impénitent réputé dans le monde entier pour ses innombrables conquêtes féminines. Elle venait de tomber dans le piège en savourant son dîner et sa conversation charmeuse, comme n'importe quelle autre femme l'aurait fait à sa place.

— Vous êtes si sérieuse, Priya...

Il prit une nouvelle gorgée de son cocktail.

— Quelles choses horribles pensez-vous de moi, là, à cet instant ?

— Vous êtes arrogant au point de présumer que toutes mes pensées tournent autour de vous, c'est cela ?

— Je ne présume rien, répliqua-t-il aussi sec. Je le vois, quand vous pensez à moi. Vous avez une lueur singulière au fond des yeux et vous vous évertuez à ne pas me regarder. C'est très séduisant, en fait.

Une bouffée de colère lui monta à la tête, elle resserra les doigts autour de son verre, mais au moment où elle allait riposter elle remarqua l'éclat malicieux des beaux yeux bleus. Il se moquait d'elle. Il la provoquait par plaisir, pour la faire réagir.

— Ces trois semaines vont être très longues, si vous continuez ce petit jeu, répliqua-t-elle avec un calme délibéré.

Elle s'appuya en arrière au dossier de son fauteuil et but une longue gorgée de son cocktail, puis lécha la petite goutte sucrée restée au coin de ses lèvres. Les yeux d'Eros suivaient le moindre de ses mouvements, le moindre de ses gestes.

— Vous m'accusez à nouveau de vous faire marcher.

— Ce n'est pas ce que vous faites ? répliqua Priya en étouffant un bâillement.

Une légère crispation passa fugitivement sur les traits d'Eros. Il baissa les yeux et fit tourner le liquide rose orangé dans son verre, puis redressa la tête et contempla le paysage noyé dans l'obscurité.

7

Eros prit le temps de bien peser ses mots avant de répondre, tout en se demandant pourquoi l'impassibilité apparente de Priya le dérangeait autant.

Il avait connu quantité de femmes qui prétendaient être ce qu'elles n'étaient pas. Sa mère, par exemple. Mais il se fichait bien qu'Arista donne l'impression d'être gentille alors qu'elle était tout le contraire.

Tandis qu'avec Priya il ressentait un besoin compulsif d'arracher l'armure. De mettre à nu ce qui se cachait derrière.

— L'attention que je vous porte vous met-elle mal à l'aise ? demanda-t-il en tournant la tête vers elle.

Elle porta son verre à ses lèvres et en but une gorgée.

— Votre comportement est déplacé.

— Vous ne répondez pas à ma question.

Un léger tremblement parcourut sa main. Elle se pencha pour poser son verre sur la table basse, puis se redressa et quand elle plongea son regard dans le sien Eros vit des reflets brûlants jouer dans les yeux bruns. Au même instant, le désir rugit en lui avec une telle force qu'il en eut le souffle coupé. Qu'arriverait-il si l'ouragan qui couvait en Priya se déchaînait ? Si le feu qui la consumait se propageait en lui ?

Comme si elle avait deviné ses pensées, Priya battit des cils, son regard s'assombrit, puis, sans doute inconsciemment, elle se passa le bout de la langue sur les lèvres.

Eros sentit ce petit coup de langue se répercuter dans la partie la plus virile de son anatomie.

Comment résister à pareille tentation ?

Elle avait dit que leur relation devait rester strictement professionnelle, ce à quoi il adhérait totalement, mais il sentait que ce n'était pas vraiment ce qu'elle souhaitait.

— Je ne joue pas avec vous, Priya. Si je me comporte comme si j'étais attiré par vous, c'est parce que je le suis.

Un léger tressaillement la parcourut. Elle inspira profondément mais ne le gratifia pas d'une riposte cinglante. Ainsi, l'approche directe ne la laissait pas indifférente. Il s'en souviendrait. Eros se pencha en avant et, s'appuyant les coudes sur les genoux, il lui adressa le regard qu'il réservait aux femmes quand le moment était venu d'aller plus loin. Un regard incandescent qui produisait habituellement un effet immédiat et dévastateur sur celle à qui il était destiné.

Priya se mordit la lèvre pour retenir ce qu'elle avait été sur le point de dire.

Dites-moi, la supplia-t-il en silence.

Avant de pester intérieurement en la voyant reculer sur son siège.

— Ça marche, d'habitude ?

L'espace d'un bref instant, Eros resta pétrifié.

— Oui, ça marche, acquiesça-t-il après s'être ressaisi.

D'un geste théâtral, elle se posa la main sur le cœur.

— Je suis très honorée de faire partie des heureuses élues.

— Mais votre armure vous rend inatteignable ?

— Soyez sérieux ne serait-ce qu'un instant, s'il vous plaît, répliqua-t-elle, ignorant sa question. Dites-moi que vous ne voyez rien de déplacé dans tout ceci.

Eros s'appuya au dossier de son fauteuil.

— Dites-moi d'arrêter, répliqua-t-il du tac au tac.

— Arrêtez, dit-elle aussitôt, mais sans le regarder.

— Dites-le comme si vous le pensiez vraiment. Dites-le comme si vous n'aviez pas songé à ce qui pourrait se passer si vous vous laissiez aller et vous autorisiez à vous amuser. C'est peut-être ce dont nous avons besoin tous les deux.

— Je sais m'amuser, protesta-t-elle en plissant le front.

— Vous êtes tendue à craquer...

Eros se pencha de nouveau en avant.

— Une nuit dans mon lit, Priya... Je jure que je ne m'arrêterai pas avant que nous soyons tous les deux épuisés et repus.

Ses yeux bruns s'écarquillèrent. Sa respiration devint saccadée tandis qu'une délicieuse roseur colorait ses joues.

— Si vous ne voulez pas renoncer à cette conversation, permettez-moi de le faire pour vous et moi.

Sur ces mots, elle se leva et le toisa de toute sa hauteur. Eros se leva à son tour et, voyant le tremblement qui agitait les doigts de Priya, il regretta de l'avoir poussée à bout et lui prit la main pour l'empêcher de s'en aller.

— Cet endroit me transforme en une version un peu plus sombre de moi-même et je m'en excuse, dit-il avec la plus grande sincérité. Si vous souhaitez que notre accord reste un strict arrangement d'affaires, je vous donne ma parole que je ne vous importunerai plus avec mes avances.

— Vous semblez considérer le flirt comme un sport, répliqua-t-elle en tentant de dégager sa main.

— Je vous donne ma parole que cela ne se reproduira plus.

Quand elle acquiesça d'un bref hochement de tête, il lui lâcha la main avant de reculer d'un pas.

— Mais si jamais vous changez d'avis, faites-le moi savoir.

— Vous parlez de la nuit de plaisir éperdu ?

— Cela pourrait nous faire du bien à tous les deux, dit-il tranquillement. Du plaisir libre de toute obligation, de toute complication.

— Et moi qui croyais vos excuses sincères..., rétorqua-t-elle, l'air suffoquée.

Elle se détourna, manifestement pressée de s'éloigner, avant de faire volte-face.

— Notre contrat ne mentionnait pas d'heures supplémentaires

de nuit, que je sache, lança-t-elle en le foudroyant du regard. Auriez-vous ajouté un addenda à mon insu ?

— Je ne...

Inutile. Elle avait déjà disparu à l'intérieur de la maison.

Eros soupira. Tout s'était passé à peu près aussi bien qu'il aurait pu s'y attendre. Il désirait Priya. Il ne le lui avait jamais caché. Mais il ne ferait rien qui puisse nuire à leur relation et ils le savaient tous les deux.

Quand même, le fait qu'elle puisse nier son propre désir aussi facilement l'agaçait de plus en plus.

Parce que de son côté il était tout sauf indifférent à elle.

Il avait connu beaucoup de femmes. Il adorait leur faire l'amour. Mais aucune ne l'avait jamais troublé de cette façon.

Et aucune n'avait été *sa* femme.

Arrangement d'affaires ou pas, ils s'étaient engagés l'un vis-à-vis de l'autre et cela compliquait la situation. Par conséquent, il devait se calmer. Il ne lui ferait plus d'avances, il le lui avait promis. Mais si elle venait vers lui...

Si elle laissait tomber cette fichue carapace et voulait explorer le désir qui palpitait entre eux, il n'était pas certain de pouvoir refuser. Et c'était *ça* qui le dérangeait le plus.

Priya fut réveillée par des coups sourds mais puissants et rythmés, comme si quelqu'un frappait à coups de marteau dans le mur épais de sa chambre.

Le martèlement s'arrêta, avant de recommencer quelques secondes après. Plus furieux et plus vigoureux encore. Elle descendit précipitamment du lit et s'avança vers la porte-fenêtre entrebâillée, l'ouvrit et mit un pied sur le balcon en jetant un coup d'œil furtif de côté pour s'assurer que son somptueux voisin n'ait pas eu le même réflexe qu'elle. Priya ne pensait pas pouvoir supporter de le voir sortant tout juste du lit et Dieu sait dans quelle tenue.

Mais la vision qui s'offrit à elle était encore plus extraordinaire.

Son mari se tenait dans le bassin de la fontaine, de l'eau jusqu'à la taille et, une masse dans la main, il cognait de toutes ses forces sur la statue qui se trouvait devant lui.

À chaque fois qu'il prenait son élan, les muscles de son dos saillaient et la sueur brillait sur sa peau dorée.

Fascinée, la bouche sèche, Priya contempla le spectacle incroyable qui se déroulait sous ses yeux. Elle ne se demandait même pas pourquoi il détruisait cette magnifique statue. Elle ne pouvait que le regarder déployer toute la puissance dévastatrice de son corps.

Brusquement, il s'immobilisa, puis tourna la tête et leva les yeux vers elle. Leurs regards se croisèrent et ce qu'elle vit dans celui d'Eros lui fit un véritable choc.

On aurait dit qu'il souffrait.

Pas physiquement, non. Comme si sa carapace s'était fissurée, laissant entrevoir un lieu secret qu'elle n'aurait jamais dû voir. L'impression disparut, un sourire charmeur se dessina sur la belle bouche, puis Eros se retourna complètement et, de sa main libre, fit une parodie de salut militaire.

— *Kalimera* ! cria-t-il.

Priya répondit par un petit geste de la main avant de rentrer dans sa chambre en s'interrogeant sur la scène dont elle venait d'être témoin.

Elle y pensait encore quand, après avoir pris une douche et enfilé un short vert olive et un débardeur noir, elle se rendit à la cuisine pour s'occuper du petit déjeuner.

La table était déjà dressée sur la terrasse surplombant la mer.

— Je ne me souviens pas d'avoir demandé à être réveillée, dit-elle, pince-sans-rire, en voyant Eros s'avancer vers elle.

— Excusez-moi, répliqua-t-il d'un ton détaché. Je n'avais pas réalisé que ce serait aussi bruyant.

— Ce n'est pas grave. J'avais prévu de me lever tôt de toute façon, pour me consacrer à mes lectures.

— Vous n'avez pas oublié notre pacte ?

— Je n'ai pas l'intention de travailler. Cela fait très longtemps que je ne me suis pas offert le luxe de lire pour le plaisir.

Inutile de préciser qu'elle avait déjà réservé un emplacement dans son agenda où rédiger un bref compte rendu de chacun des livres achetés à l'aéroport, et s'était fixé un nombre maximal de pages à lire par jour.

— Je suis content de l'apprendre, murmura-t-il en contemplant distraitement l'horizon.

Il paraissait différent, ce matin. À en juger par les cernes soulignant ses yeux, il n'avait pas dû dormir beaucoup. Mais pourquoi se poser de telles questions ? Cela ne la regardait pas.

Au cours du petit déjeuner, Priya essaya d'engager la conversation sur des sujets banals, mais quand il s'excusa poliment en disant qu'il avait des coups de fil à passer – il avait un téléphone satellite, bien sûr –, elle fut presque heureuse de se retrouver seule.

Elle avait perdu son portable, mais puisqu'il n'y avait pas de réseaux sur l'île, il ne lui aurait pas servi à grand-chose. Elle soupira. Privée de l'emploi du temps et des objectifs qui rythmaient ses journées, elle se sentait… à la dérive.

Après avoir débarrassé la table, elle entreprit d'explorer le reste de la maison. Chaque pièce bénéficiait d'une vue superbe, soit sur la piscine et la mer Égée en arrière-plan, soit sur les terres agricoles qui s'étendaient à l'arrière de la villa comme une immense cape verdoyante.

Les arômes doux et épicés des arbres fruitiers, des oliviers et du myrte se mêlaient à la brise salée montant de la mer. À l'extrémité d'un couloir, elle trouva une large porte conduisant à une vaste cave remplie de tonneaux et de grands pots de verre contenant de l'huile d'olive et des conserves.

Au fond de la cave, un escalier débouchait sur une véranda couverte avec une table en bois sur laquelle étaient posés des outils et des paniers. Cet espace était dédié au travail mais aussi au repos, comme en témoignait le grand hamac fixé à deux piliers.

Dans cet endroit paisible, Priya avait l'impression de remonter dans le temps. Elle s'engagea sur le chemin pavé qui permettait de regagner l'entrée principale de la villa, admirant les bougainvillées et le jasmin couvrant la façade blanche, humant les arômes puissants qui s'en dégageaient et s'imprégnant de leurs couleurs vibrantes.

Elle inspira et expira profondément en regardant les vagues s'écraser au bas des falaises. Sans son téléphone et son ordinateur portables pour la distraire, elle se sentait soudain détendue et avait l'impression d'être plus ancrée dans le présent.

Des marches de bois permettaient de descendre à flanc de falaise, jusqu'à une terrasse panoramique suspendue légèrement au-dessus du rivage. La plage étant trop rocailleuse et sauvage pour y marcher, elle étala sa serviette sur la plate-forme en bois et s'immergea dans son roman. Elle avait toujours aimé la littérature fantastique mais, lorsque le travail était devenu sa priorité, il n'y avait plus eu de place pour la lecture dans sa vie.

Et apparemment, son esprit avait perdu la capacité de se concentrer sur autre chose que les portefeuilles de placements. Le silence avait toujours été son ennemi... Petit à petit, l'inquiétude pesa au-dessus d'elle comme un nuage sombre menaçant de crever à tout instant.

Irritée, Priya se pencha pour prendre une poignée de galets, puis les lança un par un. Elle regarda les rides se former sur la surface de l'eau.

Elle avait toujours eu besoin de vagues et de mouvement pour éprouver un semblant de calme. Subitement, elle eut envie de faire le trajet inverse des rides qui disparaissaient à la surface de l'eau. De passer du contrôle aux coins reculés de son esprit où elle s'efforçait de ne pas s'aventurer.

Que se passerait-il si ces rides se transformaient en tourbillon ?

Priya remonta ses genoux contre elle et essaya de repousser la vision qui l'assaillait. Celle de l'eau s'assombrissant et l'aspirant dans les profondeurs sans fond de ses propres pensées.

Les jours suivants, Eros continua ses travaux de démolition, ne regagnant la villa que pour manger et dormir. Ce travail manuel se transforma en acharnement farouche, presque comme s'il tenait enfin la promesse faite autrefois. Cela ne suffirait pas à réparer ses torts, mais ses efforts diminuaient son sentiment de culpabilité. Des plans avaient déjà commencé à se forger dans son esprit quant à la manière dont il pourrait développer l'architecture existante pour concrétiser la vision de Stavros. Ce serait une entreprise gigantesque, mais cela en valait la peine.

Si la princesse de glace fut irritée de se voir abandonnée, elle n'en montra rien. En vérité, elle semblait se volatiliser dans la nature pour ne réapparaître qu'au moment des repas. Il s'était attendu à ce qu'une femme ayant grandi dans la haute société new-yorkaise soit perdue dans une cuisine, et elle l'était. Mais au lieu de s'avouer vaincue, elle avait trouvé des livres de recettes et en essayait une nouvelle chaque jour. Avec la concentration qu'elle mettait à tout ce qu'elle faisait, naturellement. En dehors des repas, les seuls moments où Eros la voyait étaient ceux qu'elle passait à la piscine.

Il avait essayé de ne pas regarder. Vraiment essayé. Mais l'allure qu'elle réussissait à avoir dans un simple maillot une pièce était par trop... sensuelle.

C'était à cause du dos nageur, se dit-il un après-midi, à la fin de leur première semaine sur l'île, tandis qu'il regardait le corps souple fendre la surface de l'eau. Elle nageait comme elle faisait tout le reste – avec détermination et efficacité, ses longs membres propulsant son corps tandis qu'elle enchaînait les longueurs.

Un jour qu'il l'observait depuis la terrasse, il se demanda si elle se chronométrait...

Mais oui, bien sûr. Après s'être hissée hors du bassin d'un mouvement fluide, elle souleva la montre en or posée sur un transat, avant de froncer les sourcils d'un air irrité.

Il s'interdit de rire, mais elle tourna les yeux vers lui comme si elle avait deviné ses pensées. Une main posée sur la hanche, une lueur de défi dans les yeux, elle le gratifia d'un regard hautain qu'il soutint sans ciller. Puis, après avoir promené langoureusement le sien sur le corps superbe mis en valeur par le maillot noir, il leva sa tasse de café en guise de salut avant de faire volte-face et de retourner à ses travaux.

Un peu plus tard, il taillait les arbres à l'arrière de la propriété lorsqu'il sentit d'étranges picotements dans la nuque. Se retournant, il vit Priya qui le regardait depuis la véranda couverte. Les rayons du soleil couchant la nimbaient d'une aura rose orangé qui illuminait son débardeur blanc tout simple.

— Vous avez besoin d'aide ? demanda-t-elle avec calme en se dirigeant vers lui. Je ne suis pas douée en matière de jardinage mais je suis sûre que je saurais arracher des mauvaises herbes, par exemple.

— On s'ennuie, princesse ? demanda-t-il en se passant le dos de la main sur le front, couvert de sueur.

— Si vous réagissez comme ça...

— Attendez, dit-il en la voyant se détourner.

Elle s'immobilisa puis le regarda par-dessus une épaule maintenant bronzée. L'expression à la fois tranquille et défiante qui se lisait sur ses traits avait quelque chose d'étrangement attirant.

— Si vous voulez savoir la vérité, oui, je m'ennuie.

Sur ce, elle croisa les bras et se retourna vers lui. Même à cette distance, Eros vit les pépites mordorées scintiller dans les yeux bruns. Et quand il lui adressa son habituel sourire charmeur, il remarqua que les épaules rondes se détendaient un peu.

Il la rejoignit en quelques enjambées et retira ses gants de travail épais. Mais quand il tendit les mains vers les siennes et qu'elle recula, il retint à grand-peine un grognement agacé.

— Mettez-les, dit-il d'une voix bourrue.

Puis, sans attendre sa réaction, il lui tourna le dos et regagna la partie sauvage du jardin qu'il était en train de débroussailler.

— Qu'est-ce que nous sommes censés faire, exactement ? demanda-t-elle au bout de quelques instants en réapparaissant à côté de lui.

— Nous sommes ici dans la partie du jardin que Stavros préférait.

— Votre beau-père ? demanda-t-elle d'une voix nettement plus douce.

Eros se retint de rouler les yeux.

— Oui. Bien que Stavros Theodorou ait été le seul père que j'aie connu.

— Comment est-il mort ?

Il décida de ne pas répondre à sa question. La seule réponse qu'il aurait pu donner aurait été mensongère et il ne voulait plus de mensonges entre eux.

Impossible de lui dire la vérité. Il protégeait la réputation de Stavros depuis longtemps et il n'avait pas l'intention de s'arrêter.

— Je suis sûre qu'il serait très fier de tout ce que vous faites.

Un petit rire bref et dur lui échappa.

— Il s'en ficherait sans doute complètement. Il a fini par haïr cet endroit, comme j'ai fini par le haïr moi-même.

— C'est pour cela que vous avez détruit la statue ?

Elle s'interrompit et secoua la tête.

— Excusez-moi, j'essaie seulement de comprendre.

Eros resta immobile, luttant contre l'envie de fuir, comme il le faisait dès qu'une conversation lui déplaisait. C'était peut-être puéril, comme attitude, mais chacun réagissait comme il le pouvait, n'est-ce pas ? Cependant, quelque chose, dans les yeux de Priya, le poussait à rester.

— La statue avait été offerte par Zeus en cadeau de mariage, dit-il entre ses dents en soulevant une grosse pierre. Il adorait ce genre de petit jeu. Stavros ne s'en est jamais douté.

— Vous deviez l'aimer beaucoup, pour faire tout ce travail vous-même.

— Oui.

Il s'éclaircit la voix.

— Seriez-vous étonnée que je puisse avoir une conscience ?

— Étrangement, non. Je sais qu'au fond vous êtes un homme honorable. Vous ne m'auriez pas épousée, sinon.

— Je vous ai épousée avant tout pour servir mes propres intérêts, répliqua Eros sans la regarder.

Il hissa le gros sac de détritus sur son épaule et se dirigea vers le coin du jardin où il avait commencé à les entasser.

— Une fois que j'aurai terminé, le jardin sera la seule partie de la propriété qui subsistera, dit-il en se tournant vers Priya qui marchait à côté de lui.

Un petit pli se forma entre les fins sourcils tandis qu'elle tournait les yeux vers la villa.

— Ne me dites pas que vous…

— Si, je vais tout démolir. Cela vous surprend ?

Elle resta silencieuse un long moment. Quand elle parla, sa voix était délibérément calme et dénuée de toute émotion. Eros aurait préféré qu'elle s'oppose à lui, qu'elle l'accable de reproches et lui dise qu'il était un affreux égoïste. Qu'elle le couvre de honte comme il le faisait lui-même constamment.

— Alors, il n'y a rien de sentimental là-dedans, si je comprends bien, dit-elle, à moitié à elle-même. Et que comptez-vous en faire ?

— Reconstruire. Rentabiliser, répliqua-t-il avec un haussement d'épaules.

— Ah, c'est tout à fait ce dont on a besoin dans cette partie du monde, répliqua-t-elle d'un ton neutre. D'une nième station balnéaire de luxe.

Il ne tenta pas de la détromper. Il resta immobile, fasciné par les émotions qui se succédaient sur le beau visage de Priya.

— Vous avez dit que cette île vous manquait, enchaîna-t-elle. Il s'est passé des choses importantes pour vous ici, c'est évident. Il suffit de vous écouter en parler.

— Je ne vis pas dans le passé, Priya. J'avance, vers le futur.

Cette île et cette villa ne sont que des biens que j'ai acquis sur mon parcours.

— Vous considérez toutes vos acquisitions de cet œil froid ? Dans ce cas, je devrais peut-être trembler en pensant à ce qui m'attend.

Il se rapprocha d'elle et baissa la voix.

— Si je pouvais vous faire trembler, ce serait si bon que vous me supplieriez de ne jamais m'arrêter.

Ses yeux bruns s'écarquillèrent, ses pupilles se dilatèrent, elle inspira profondément.

— Je ne supplie jamais personne.

— Je vous crois, répliqua Eros d'une voix douce. De mon côté, je n'ai jamais réussi à reculer devant un défi. C'est un autre de mes secrets, voyez-vous... Je déteste que l'on me dise *non*.

— Ce n'est pas un secret, dit-elle, la voix à peine audible.

Quelques centimètres à peine les séparaient. La chaleur de la mi-journée les enveloppait. Pas la moindre parcelle d'ombre. Nulle part où se cacher, rien que le soleil impitoyable exacerbant la chaleur qui palpitait entre eux.

Le souvenir de la douceur de ses lèvres, du goût de sa bouche, était la dernière chose à laquelle il pensait chaque soir depuis leur arrivée sur l'île. Le fait de la savoir endormie de l'autre côté du mur le torturait, l'obligeant à prendre des douches glacées ou à aller nager au beau milieu de la nuit pour essayer de se débarrasser du désir qui le consumait.

Il n'était pas le seul à endurer ce tourment. Chaque jour, il voyait Priya marcher de long en large du petit port situé en contrebas de la propriété. Après avoir dit qu'elle ne voulait faire qu'une seule chose, lire, elle ne devait pas avoir lu grand-chose. Elle ne tenait pas en place, rangeait, faisait le ménage, réorganisait les rangements de la cuisine...

— Si je vous embrassais maintenant..., que feriez-vous ? demanda-t-il sans réfléchir.

Elle baissa les yeux sur sa bouche.

— Eros...

Il rapprocha légèrement son visage du sien.

— Si je m'arrêtais, me supplieriez-vous de continuer ?

— J'ai plutôt l'impression que ce serait vous qui me supplieriez, chuchota-t-elle en le regardant dans les yeux.

— Ça vous plairait, hein ? Dites-moi, c'est à cela que vous pensez, là, maintenant ?

Un éclat doré fusa dans les yeux bruns, elle se mordit la lèvre, et Eros se mit à bander comme un fou. Elle resta silencieuse durant quelques instants tandis qu'il hésitait entre ficher le camp le plus loin possible et franchir le peu d'espace qui les séparait encore.

Finalement, ce fut elle qui trancha pour lui. Elle se haussa sur la pointe des pieds et posa ses lèvres sur les siennes.

8

Eros ne fut pas long à réagir. Il poussa une plainte rauque et la serra farouchement contre lui, prenant possession de sa bouche et transformant son baiser timide en un assaut torride auquel Priya ne tenta même pas de résister.

Le cœur battant à tout rompre, elle répondit aux caresses de la langue experte et se laissa entraîner dans un ballet d'un érotisme insensé. Les grandes mains glissèrent sur son dos, lui agrippèrent les hanches, tandis que tout disparaissait autour d'eux et qu'elle se fondait en lui. Dans sa senteur épicée et mâle, dans sa divine chaleur et dans le délicieux goût de sa langue. Elle avait cru embrasser, être embrassée. Mais ce qu'elle avait connu avant lui ne soutenait pas la comparaison avec ce qu'elle vivait maintenant.

Ce baiser était la chose la plus merveilleuse, la plus terrible, qu'elle eût jamais expérimentée. Priya s'efforça de garder les idées claires, de se rappeler toutes les raisons qu'elle avait de ne pas se laisser aller ainsi, mais rien n'y fit. Le contrôle lui échappait complètement. Elle s'abandonnait à lui tout entière, cédant au désir qui les consumait tous les deux.

— J'adore le goût de ta bouche, murmura-t-il contre ses lèvres.

Comme pour le lui prouver, il la goûta littéralement d'un coup de langue qui fit naître en elle une vague de chaleur qui se répandit entre ses jambes. Choquée par sa propre réaction, elle serra les cuisses tandis qu'Eros continuait de dévorer sa bouche. C'était trop. Il était trop. Elle avait affaire à un expert qui ne se doutait pas qu'elle n'avait aucune expérience...

Il écarta le visage du sien et la regarda, le souffle court.

— Quelque chose ne va pas ?

Si elle n'avait pas été aussi mortifiée, elle aurait pu éclater de rire. Comment réagirait-il si elle lui disait qu'elle frisait la crise de panique ? L'intimité qu'ils partageaient était trop intense. Elle avait trop chaud, elle avait du mal à respirer et elle avait besoin de reprendre ses esprits. De réfléchir.

Le souffle chaud lui caressait la joue, les mains d'Eros lui tenaient toujours les hanches. Elle aurait tant aimé s'abandonner au plaisir qu'il lui prodiguait, ignorer les pensées qui tourbillonnaient dans son esprit.

Hélas, elle savait trop bien que ce n'était pas aussi simple.

Priya posa les mains sur le torse d'Eros et le repoussa doucement en même temps qu'elle reculait d'un pas.

— C'est une très mauvaise idée.

— Elle ne me paraît pas mauvaise du tout, au contraire.

Inspire, expire... Inspire, expire...

— Je ne veux pas participer à tes jeux, ou à je ne sais quel stratagème.

— C'est ce que tu penses de moi ? demanda-t-il avec un calme inquiétant. Tu crois que cela fait partie de ma vengeance ?

— Peut-être. Tu as dit toi-même qu'il ne fallait pas te faire confiance.

— Regrettes-tu de ne pas avoir épousé Xander ? murmura-t-il, une lueur dure au fond des yeux. Aurais-tu préféré que ce soit lui qui t'embrasse et te donne un avant-goût du paradis ?

Elle ne répondit pas. Elle sentait la tension qui émanait des larges épaules se propager en elle. Même si on lui avait offert un million de dollars, elle n'aurait pu se représenter le visage d'un autre homme à cet instant précis. Elle ne voyait, ne sentait que lui, Eros. S'il jouait la comédie, il était un acteur de génie.

Brusquement, Priya comprit pourquoi elle avait si peur de ce qu'il lui faisait ressentir. Parce que, pour la première fois de sa vie, elle savait ce qu'elle voulait. Dommage que ce soit la seule chose qu'elle doive se refuser.

Eros s'éloigna d'elle et alla s'asseoir sur l'une des chaises de la véranda couverte. Une tension formidable exsudait de tout son corps athlétique.

— Bonne nuit, murmura-t-elle en se dirigeant vers les marches.

Quand elle traversa la véranda, il ne tourna pas les yeux vers elle, ne prononça pas un mot. Elle continua d'avancer. À chaque pas, le nœud semblait se resserrer dans sa poitrine. La brûlure familière se répandait dans ses poumons. Jamais elle ne réussirait à atteindre sa chambre.

La panique obscurcissait ses pensées, lui étreignait les bras et les jambes, limitait sa respiration. Quand, au prix d'un effort surhumain, elle arriva enfin dans sa chambre, Priya prit sa petite trousse médicale, mais ses doigts tremblaient si fort qu'elle eut du mal à l'ouvrir. Avant de connaître Aria, elle avait toujours refusé d'admettre qu'elle avait besoin d'aide pour gérer son anxiété, considérant cela comme une faiblesse. Son amie l'avait convaincue de se faire aider quand, à l'université, elle l'avait vue en proie à des crises épouvantables dans les périodes de stress intense. Ou lorsque sa relation difficile avec sa mère la mettait à plat.

Depuis lors, elle voyait ce médicament pour ce qu'il était – une bouée de sauvetage.

Étalant la couverture sur le plancher, elle s'allongea dessus et respira profondément. Grâce à ses séances de thérapie, elle savait pourquoi elle réagissait ainsi, mais elle se posa néanmoins la même question, encore et encore, durant plusieurs heures avant de sombrer dans un sommeil agité.

Pourquoi l'avait-elle embrassé ? Et surtout, pourquoi avait-il eu l'air aussi furieux quand elle l'avait repoussé ?

Eros se réveilla en sursaut et crut entendre un cri.

Il tourna les yeux vers la porte-fenêtre ouverte par laquelle une faible lueur pénétrait dans la pièce. Tout était calme et silencieux. Le soleil ne s'était pas encore levé mais il voyait l'horizon se colorer de rose et de mauve.

Rien ne semblait troubler la sérénité de ces instants, et pourtant… Il regarda les rideaux soulevés par la brise et essaya d'identifier ce qui l'avait réveillé.

Guidé par son instinct, il se leva, sortit de sa chambre et se dirigea vers la terrasse, comme s'il savait ce qu'il allait y trouver.

Pour un peu, il n'aurait pas vu la petite forme recroquevillée sur une chaise longue. Priya, enveloppée dans une couverture. L'espace d'un instant, il se demanda si elle s'était endormie dans cette position inconfortable, lorsqu'elle ouvrit les yeux et le regarda avec une expression si torturée qu'il s'arrêta net. Elle se ressaisit rapidement, mais il avait entrevu ce qui se cachait sous le masque. Il brûlait de se précipiter vers elle, de la prendre dans ses bras. De chasser ces ombres de la seule façon qu'il connaissait.

— Tout va bien ? demanda Eros sans bouger.

Il n'avait pas oublié les paroles qu'elle avait prononcées la veille. Mais la rougeur révélatrice de ses yeux et du bout de son nez le fit frémir intérieurement.

— J'ai l'habitude de me réveiller avant l'aube, dit-elle d'un ton neutre. Cela permet de voir le soleil se lever. C'est… relaxant.

— Tu n'as pas vraiment l'air détendue.

— Je vais bien, dit-elle à la hâte en se levant.

Il la regarda plier la couverture avec soin, puis s'avança vers elle, lui prit doucement des mains et attendit qu'elle lève les yeux vers lui.

— J'aimerais que tu me dises la vérité, maintenant. Tu es si malheureuse, ici ?

Quand, après avoir secoué la tête, elle baissa les yeux, il crut qu'elle allait s'en aller et regagner sa chambre. Cela n'aurait pas dû le déranger qu'elle se retranche ainsi derrière sa carapace alors qu'elle souffrait. Il aurait dû s'en ficher.

Mais il en était incapable.

Au bout d'un long moment, elle finit par soupirer et redresser la tête.

— Cette île est très belle, dit-elle avec un haussement d'épaules. Mais c'est si... calme. Je n'ai jamais bien supporté de rester inoccupée. J'ai besoin d'être constamment en mouvement.

— Comme les requins, dit-il avec un petit sourire en coin. Ils ont besoin de nager sans cesse – s'ils arrêtent, ils meurent.

Une faible lueur éclaira les yeux bruns.

— Alors je suis un requin, maintenant ? C'est très flatteur...

Eros réfléchit quelques instants, et soudain il eut une idée.

— Tu as dit que tu avais besoin d'être occupée ?

Cette fois, ses yeux s'illuminèrent tandis qu'elle hochait rapidement la tête.

— Il te faut combien de temps pour préparer un petit sac de voyage ?

Après qu'ils furent descendus au port dans la jeep, Eros l'avait fait monter à bord d'un superbe yacht blanc qui fendait maintenant les flots paisibles de la mer Égée.

Il semblait connaître les îles par cœur et les lui désigna une par une en expliquant que la pêche était strictement limitée à certaines zones afin de protéger l'environnement. Le ciel commençait son ascension, absorbant dans son sillage les traînées roses et mauves de l'aube.

Quand Eros coupa le moteur, ils restèrent immobiles et silencieux pendant quelques instants, se contentant de savourer le calme qui régnait alentour. Impossible de ne pas être enchantée par l'immobilité de l'eau et de l'air. Au lieu d'éprouver un sentiment de claustrophobie, Priya réalisa avec surprise qu'elle se sentait étonnamment bien.

Des oiseaux de mer volaient au-dessus de leur tête en criant, en quête de nourriture.

Avec une patience surprenante, Eros lui expliqua la différence entre hameçon et amorce, et lui apprit la signification d'autres termes qu'elle avait déjà entendus mais auxquels elle n'avait jamais prêté grande attention.

Après lui avoir confié une ligne, il alla s'installer avec la sienne à l'arrière du bateau et ils n'échangèrent plus aucune parole. Mais, au lieu de la rendre anxieuse, ce silence fit du bien à Priya. Jamais elle ne s'était sentie aussi détendue, avec personne. Et soudain, elle réalisa qu'elle ne voyait plus du tout Eros comme un ennemi. Cela faisait-il de lui un ami ?

Il avait compris son anxiété et, au lieu d'en parler, il avait adroitement redirigé son attention. Il avait fait exactement ce dont elle avait besoin sans rien attendre en échange.

Le regardant à la dérobée, elle remarqua combien ses moindres gestes étaient précis. Il était manifestement un expert en la matière. Alors qu'elle-même…

À cet instant, quelque chose tira sur la ligne. Priya poussa un juron et lâcha la canne à pêche qui commença à disparaître dans l'eau.

Heureusement, Eros accourut aussitôt à son secours et récupéra la canne sans difficulté.

— Je ne me serais jamais attendu à entendre un tel son franchir les lèvres d'une femme respectable.

— Je *suis* respectable. Mais je déteste les surprises. Ce serait bien plus efficace si nous pouvions établir un programme, des horaires. Pourquoi partir à l'aube si l'on n'a pas la garantie de pêcher quelque chose ?

— Oh ! oui, ce serait l'idéal. Malheureusement, la mer ne respecte pas les horaires et je ne suis pas en mesure de précommander de poisson pour l'instant.

Elle ne put s'empêcher de sourire.

— Apprécierais-tu mon humour ? demanda-t-il, les yeux

pétillant de malice. Quant à pêcher quelque chose... J'ai déjà attrapé cinq poissons.

— Quoi ?

Se levant, elle se dirigea vers le seau d'Eros, dans lequel se trouvaient en effet cinq gros poissons, déjà vidés et nettoyés.

— C'est ridicule, soupira-t-elle en revenant s'asseoir sur son banc et en foudroyant du regard son propre seau.

— Serait-ce la féroce nature compétitive dont j'ai tant entendu parler ?

— J'aime réussir. Est-ce un aspect négatif à faire figurer sur ma feuille de résultats ?

— Tu penses que j'attribue des notes aux femmes en fonction de leurs performances ?

— Je pense que tout le monde admire ou déteste certains traits de caractère chez les autres. Ceux qui disent le contraire sont des menteurs.

— Et tu vois ta compétitivité comme un trait de caractère détestable ?

— D'après mon expérience, les hommes préfèrent que les femmes soient efficaces discrètement. Nous avons le droit d'être capables et de progresser, mais pas d'empiéter sur les succès d'une autre personne.

— Et par autre personne tu entends un homme.

Priya se contenta de hausser les sourcils et se concentra sur sa ligne. Elle attraperait un poisson, coûte que coûte.

Sans faire aucun commentaire, Eros s'assit à côté d'elle et se pencha légèrement pour mieux orienter sa canne à pêche. Ensuite, il la laissa faire en lui donnant un conseil de temps en temps.

Et il ne cilla même pas quand, sentant une petite secousse, elle faillit lâcher à nouveau la canne.

— C'est bon, murmura-t-il. Tu le tiens.

Oui ! Elle avait pris son premier poisson !

Folle de joie, Priya leva le poing et se mit à danser sur place.

— J'ai réussi ! J'en ai attrapé un !

Puis elle se pencha et déposa précautionneusement son butin dans le seau avant de se retourner vers Eros.

L'expression qui se lisait sur ses traits la fit frémir au plus profond d'elle-même. Elle fut traversée par le désir irrésistible de le prendre dans ses bras. Mais quand il se leva et la regarda, les yeux étincelants, elle se sentit devenir écarlate.

— Tu es extraordinaire.

— C'est juste un tout petit poisson, dit-elle en détournant les yeux.

La tension qui vibrait entre eux la rendait nerveuse, mais pas anxieuse. C'était une autre sorte de tension. Une tension causée par le désir. Priya avait presque peur de le regarder, sachant que si elle plongeait son regard dans le sien elle s'y perdrait.

À son grand soulagement, il retourna s'installer à sa place et commença à nettoyer son matériel de pêche.

De son côté, elle n'était pas pressée de rentrer à la grande villa et de se retrouver seule avec ses pensées. Elle appréciait vraiment cette petite expédition en mer, le sentiment d'être libre et d'avoir quelque chose à faire.

— Prête pour d'autres aventures ? demanda soudain Eros en revenant vers elle.

La petite fossette se creusa dans sa joue. Une lueur espiègle dans les yeux, il se réinstalla à la barre.

— Je préfère l'improvisation aux programmes à horaires fixes. Tu me fais confiance, princesse ?

La première fois qu'il l'avait appelée ainsi, dans la limousine, Priya avait été ulcérée par son arrogance. Mais maintenant, l'entendre sur ses lèvres ne produisait plus le même effet sur elle. Au lieu d'en être irritée, elle se sentait réchauffée à l'intérieur.

— Je te fais confiance, Eros.

Elle avait voulu prononcer ces mots d'un ton léger, mais curieusement ils pesèrent lourdement entre eux. Elle avait confiance en lui ? Seulement aujourd'hui, ou lui faisait-elle vraiment confiance... ?

Refusant d'analyser l'émotion qui l'envahissait soudain, Priya se rassit sur le banc tandis que le yacht fendait à nouveau les eaux turquoise en direction d'un groupe d'îles que l'on apercevait au loin.

9

— Bienvenue à Halki, la plus petite des îles du Dodécanèse ! cria Eros en se tournant brièvement vers elle.

Priya regarda le port se rapprocher à vue d'œil, les maisons aux façades colorées au milieu desquelles se dressait une grande église blanche.

C'était comme se retrouver à l'intérieur d'un film des années cinquante, songea-t-elle quelques instants plus tard tandis qu'ils s'avançaient dans les rues pavées entourant le port. Plusieurs tavernes donnaient directement sur la mer et Eros désigna bientôt un restaurant en disant qu'il était l'heure de déjeuner.

Elle baissa les yeux sur son short en jean et son débardeur.

— Je ne suis pas très présentable...

— Tu pourrais être nue que Dimitri s'en ficherait complètement. Plus il y a de monde dans son restaurant, plus il est content. Et les touristes s'aventurent rarement jusqu'ici.

Eros l'invita à entrer, avant de saluer chaleureusement le patron et de lui offrir le récipient contenant le fruit de leur pêche. Ensuite, ils s'installèrent sur la terrasse et Priya remarqua qu'il n'y avait pas grand monde, en effet.

— C'est bien que tu connaisses encore les gens d'ici, alors que tu n'étais pas venu depuis si longtemps.

Il tourna les yeux vers un chalutier qui déchargeait sa cargaison.

— Je n'étais pas revenu à Myrtus depuis dix ans, mais je possède une maison ici, à Halki, où je viens souvent. Il y a quelques années, une tempête particulièrement violente a causé pas mal de dégâts sur cette île et j'ai contribué financièrement aux réparations. Enfin, c'est plutôt la fondation de mon beau-père qui s'en est chargée. Stavros était né et avait grandi ici, et il tenait beaucoup à aider les plus petites des collectivités insulaires. Vu le nombre des stations balnéaires de luxe qui abondent par ici, les autres ont les moyens de s'en tirer.

— C'est étrange de t'entendre parler ainsi, étant donné que ta fortune provient en grande partie de ces stations.

— Je m'efforce de rétablir un peu l'équilibre quand je le peux. Et j'essaie de veiller à ce que mes projets ne nuisent pas à l'environnement.

— Dans ce cas, pourquoi t'acharner à détruire un endroit que, de toute évidence, tu adores ? répliqua Priya après un léger silence. Tu conserves des souvenirs précieux de ton passé à Myrtus. Cela m'a frappée dès notre arrivée. Et pourtant, tu veux tout détruire...

L'espace d'un instant, elle crut qu'il allait tout bonnement ignorer sa question.

— Je ne t'ai pas tout dit quand je t'ai parlé de mes projets concernant Myrtus. Mais, tu vois, expliquer la vérité m'obligerait à trahir le secret que, il y a longtemps, j'ai juré de protéger. Mais je suppose que ce ne sera plus nécessaire une fois que j'aurai démarré mon projet, alors le moment est peut-être venu d'en parler à quelqu'un.

— Je ne voulais pas te...

— Non, non, ne t'excuse pas, tout va bien, l'interrompit-il en secouant la tête. Je n'ai pas aimé que tu me prennes pour un sale capitaliste cruel et insensible. La vérité, c'est que je n'ai pas du tout l'intention de transformer l'île en station balnéaire. Myrtus deviendra un lieu de retraite.

Eros repensa à cette époque de sa vie. Dix ans s'étaient écoulés depuis la mort de Stavros, mais il ressentait toujours la même impuissance. L'alcoolisme de son beau-père n'était rien, comparé à l'autre combat invisible qui se livrait en lui chaque jour. Eros s'était dit qu'il préservait sa vie privée en ne venant pas le voir et en le laissant reclus sur l'île. En réalité, il l'avait simplement abandonné comme un problème encombrant.

Lorsque Stavros avait fini par mourir, lui-même se trouvait à un millier de kilomètres, sur la Côte d'Azur où il participait à un événement d'une semaine.

Repoussant les souvenirs et les regrets, Eros regarda la femme assise en face de lui.

— J'ai souvent entendu parler de luxueux centres de traitement pour les toxicomanes ou de retraites de yoga, mais je veux créer un endroit de *vraie* retraite. Un lieu accessible au public, mais offrant de l'intimité à ceux qui en ont besoin.

— C'est une belle idée, Eros.

— Ne crois pas que je le fasse par pur altruisme, répliqua-t-il à la hâte. Quand il s'agira de célébrités, je pratiquerai des tarifs exorbitants.

— Mais tu ne profiteras pas personnellement de ces bénéfices - je me trompe ?

— Tu essaies à nouveau de lire en moi ?

Il souleva son verre d'ouzo et le vida d'un trait.

— Je suis un puzzle dont aucune femme n'a jamais réussi à rassembler tous les morceaux, Priya.

Une étincelle dorée fusa dans les beaux yeux bruns.

— Dois-je prendre cela pour un défi ?

La dévisageant avec attention, Eros vit ses pupilles se dilater et un petit bout de langue rose passer furtivement sur les lèvres pulpeuses.

— Et moi qui pensais avoir piqué ton intérêt dès le premier instant où tu avais posé les yeux sur moi.

L'adorable roseur colora ses joues, puis elle détourna son regard. La libido d'Eros rugit, mais il la brida aussitôt. Il avait promis à Priya de ne plus lui faire d'avances. Elle devait venir à lui.

S'appuyant au dossier de sa chaise, il s'étira langoureusement les bras au-dessus de la tête.

— Tu affirmes être insensible à mon charme, mais tu connais cette citation – c'est dans *Hamlet*, je crois : « La dame proteste trop... »

— C'est un miracle que cette île n'ait pas sombré sous le poids de ton ego.

— Attention, il ne faudrait pas que mes amis t'entendent, chuchota-t-il. Il y a beaucoup de ruines, ici, beaucoup de vieilles légendes...

La voyant pâlir légèrement sous son hâle, il ne put s'empêcher d'éclater de rire.

— Rappelle-moi de ne jamais te prendre au sérieux, dit-elle en prenant son verre.

Elle s'efforçait de ne pas sourire, mais ses yeux pétillaient.

— D'habitude, je n'apprécie pas que l'on se moque de moi... mais tu le fais avec beaucoup de charme, je le reconnais, ajouta-t-elle.

— Je ne te vois pas comme un objet de moquerie, Priya. Je me suis peut-être donné pour objectif de te faire rire aujourd'hui, voilà tout.

— Sans arrière-pensées ? demanda-t-elle, radoucie.

Eros secoua la tête.

— Si tu ne me considères plus comme une source de divertissement, comment me vois-tu ? demanda-t-elle alors.

— Je te vois comme un être très rare, né dans un monde où tant de choses sont tout aussi rares. Tu as tourné le dos à tout cela. Tu t'es tracé un nouveau chemin et ensuite, tu as choisi délibérément de revenir pour aider des gens. Tu as choisi de m'épouser pour des raisons complètement désintéressées et je ne peux pas en dire autant. C'est héroïque, Priya.

— Je ne suis plus une princesse superficielle, alors ?

— Tu la caches, mais sous ta beauté et ta réserve, il y a une combattante, princesse.

— Un chevalier en robe de mariée..., dit-elle avec un petit

sourire malicieux. Je ne pense pas que tu sois aussi méchant que tu voudrais le faire croire. Peut-être devrions-nous convenir que nous nous sommes secourus l'un l'autre et faire la paix.

Pour une fois, son charme légendaire ne lui fut d'aucun secours. Il la regarda en silence, fasciné par la douceur de ses lèvres et la chaleur de son regard. Avait-elle vu ce qu'il dissimulait aux yeux du monde aussi clairement qu'il avait vu ce qu'elle dissimulait de son côté ?

Brusquement, quelque chose bascula entre eux, comme s'ils s'empêchaient d'en dire davantage, de s'aventurer plus avant dans les eaux dangereuses où ils s'étaient engagés.

Les plats commencèrent à arriver – souvlaki traditionnel et poisson frais, dignes d'un restaurant étoilé. Dimitri s'était surpassé.

Halki avait réussi à échapper à l'attention des hordes de touristes qui avaient envahi les îles environnantes. Mais cela exposait les habitants de ce petit coin de paradis à de plus grands risques de chômage et de pauvreté.

Eros regarda Priya mâcher son poisson avec délice. Tout le stress, toute la tension de la semaine précédente semblaient s'être évaporés. Il en était soulagé, et heureux.

Il n'avait pas prévu cette puissante attraction, ni d'être séduit par la princesse de glace. Il ne s'était pas attendu à ce genre de complication.

En revanche, la réaction d'Arista ne le surprenait pas. Il repensa à la conversation téléphonique de la veille avec son équipe new-yorkaise. Ils l'avaient appelé pour l'informer que sa mère avait rencontré Vikram Davidson-Khan. Arista avait une grande influence et un pouvoir certain dans l'univers de la finance, mais même elle ne pourrait enrayer le plan qu'il avait mis en place pour permettre à Priya de prendre le contrôle de l'entreprise de son père.

Néanmoins, Eros ne pouvait se débarrasser du sentiment qu'en sauvant cette entreprise du naufrage il l'avait désignée comme cible. Mais à quoi bon inquiéter Priya avec cette information puisqu'elle ne pouvait rien y faire. Elle avait travaillé dur et méritait de se détendre avant que la transaction soit finalisée et qu'ils se retrouvent face à la réalité.

Priya regarda Eros se diriger vers la cuisine pour remercier le chef. Elle avait remarqué un changement dans son attitude et compris qu'il valait mieux ne pas lui poser de questions.

Apercevant un ordinateur posé sur une table à côté de l'entrée et remarquant qu'il était connecté à Internet, elle tourna la tête du côté de la cuisine et vit qu'Eros s'y trouvait toujours et bavardait avec Dimitri.

Elle se mordit la lèvre. Elle pourrait envoyer un mail à Aria... Mais dans quel but ?

À sa grande surprise, elle réalisa qu'elle ne ressentait pas de besoin réel de contacter quiconque. C'était la première fois depuis sept ans qu'elle faisait une pause et était libérée, temporairement, de toute obligation. Personne ne l'attendait, personne n'avait besoin d'elle.

Priya sursauta en voyant Eros apparaître à côté d'elle. Il tourna les yeux vers l'ordinateur et haussa un sourcil.

— À la différence de Myrtus, Halki est entré dans le XXIe siècle, dit-elle avec un petit sourire en coin. Je n'y ai pas touché, je te signale.

— Tu veux l'utiliser ?

— Et notre pacte ? répliqua-t-elle en croisant les bras.

— J'ai confiance en toi, fit-il avec un haussement d'épaules. J'ai quelques courses à faire, tu peux venir avec moi ou aller te promener de ton côté.

Sans attendre sa réaction, il s'éloigna tandis qu'elle le suivait du regard en sentant une chaleur inconnue se répandre dans sa poitrine. Que leur arrivait-il ? Elle savourait *vraiment* sa compagnie...

Elle décida de rester et de consulter sa messagerie, puis envoya un bref mail à Aria pour lui dire qu'elle allait bien.

Ensuite, elle passa une heure délicieuse à se balader dans les rues, enchantée par tout ce qu'elle voyait. Autrefois, Priya avait rêvé de voyager pour le plaisir. Elle avait été insouciante et pleine de projets. Son travail et son ambition la motivaient, la nourrissaient... Mais était-ce suffisant ? Cela faisait si longtemps qu'elle grimpait les échelons du pouvoir, déterminée à honorer l'héritage de son père...

Débouchant sur le port, elle aperçut Eros, nonchalamment appuyé contre un pilier, et aussi outrageusement beau que d'habitude. Elle le regardait en retenant son souffle, lorsqu'il tourna la tête vers elle et la gratifia de cet irrésistible petit sourire en coin qui la troublait de plus en plus.

— Dimitri vient de me dire qu'une fête avait lieu ce soir sur la place – avec musique, danse et dégustations.

— Pas question, fit Priya en feignant d'avoir l'air horrifié. Cela ne t'intéresse pas du tout de me voir danser.

Il inclina la tête de côté et plissa les yeux.

— Eh bien si, cela m'intéresse énormément, au contraire. Et en tant que ton guide attitré, j'insiste pour t'y emmener.

— Nous ne devons pas rester discrets ?

En fait de discrétion... Elle avait du mal à résister au désir de se rapprocher de lui et de se noyer dans sa force et sa chaleur.

— C'est à Halki que je me sens le plus chez moi, déclara Eros. La famille Theodorou a été l'une des premières à s'y installer. Je pensais que nous pourrions passer la nuit ici et reprendre notre excursion demain. Histoire de t'occuper l'esprit.

La maison d'Eros était en fait une ancienne ferme restaurée, reliée à une vieille grange de pierre par une aile tout en verre d'où s'offrait une vue splendide sur les falaises et la mer.

Après une douche rapide, Priya enfila la robe dos nu en jersey de coton vert olive qu'elle avait emportée, mais quand elle se regarda dans le miroir, elle se trouva affreusement...

quelconque. En plus, elle n'avait ni maquillage ni bijoux avec elle pour se donner un peu d'éclat.

Mais quand elle sortit dans la cour et qu'Eros promena sur elle un lent regard appréciateur, une petite lueur d'espoir s'alluma dans son cœur... qui lui parut terriblement dangereuse.

Priya prit la main qu'il lui tendait et essaya de ne pas humer les effluves de menthe et de santal désormais familiers, tandis qu'ils s'avançaient bientôt dans les rues pavées en direction de la petite place centrale. Des lanternes étaient suspendues entre les maisons, des gens arrêtaient Eros à chaque instant, l'embrassaient sur les deux joues et engageaient la conversation avec lui en grec. Lorsque quelqu'un les félicita et leur adressa ses vœux de bonheur, Priya se tourna vers Eros qui lui expliqua rapidement que Dimitri n'avait pas compris que leur mariage était confidentiel et qu'il avait déjà répandu la joyeuse nouvelle sur toute l'île.

Elle regarda autour d'elle et vit des regards curieux braqués sur elle. Un sentiment étrange se répandit dans sa poitrine tandis qu'elle reprenait la main d'Eros qui se faufilait dans la foule. Un orchestre était installé sur une estrade, devant une petite piste de danse improvisée remplie de couples qui dansaient en se bousculant.

La journée avait passé si vite, réalisa Priya. Les étoiles commençaient déjà à apparaître dans le ciel.

— Assieds-toi, dit Eros. Je vais nous chercher à boire.

Le cœur battant la chamade, elle le suivit du regard. Il se mouvait si gracieusement, pour un homme aussi grand et aussi costaud. Les femmes qu'il fréquentait devaient être des créatures fabuleuses qui dansaient comme des déesses... Alors qu'elle-même n'avait aucun sens du rythme et dansait comme un pied.

— Me ferez-vous l'honneur de m'accorder cette danse ?

Elle se retourna et prit les mains que lui tendait Eros. L'instant d'après, elle se retrouvait dans les bras d'Eros tandis qu'il l'entraînait sur la piste.

Comme elle s'y attendait, il dansait avec une grâce féline et lui donnait l'impression d'être un animal empaillé.

— Je croyais que tu étais allé nous chercher à boire ? dit-elle, au supplice.

— Nous boirons plus tard. Cette danse est faite pour les amants, lui murmura-t-il à l'oreille. Alors, je me devais d'inviter ma femme.

Priya eut soudain du mal à respirer, les mains posées sur ses hanches lui brûlaient la peau à travers sa robe. L'étoffe était trop mince, l'air trop chaud. Elle sentait Eros partout, autour d'elle et en elle. Et le pire, c'était qu'elle ne voulait pas que cela s'arrête. Elle qui ne savait pas danser, elle aurait été prête à passer toute la nuit dans les bras de son cavalier. Avec lui, elle se sentait légère comme une plume. Elle avait même l'impression de savoir danser.

Il resserra soudain les mains sur ses hanches et fixa un point par-dessus son épaule.

— Je t'ai marché sur les pieds ? Je ne suis vraiment pas douée..., dit-elle précipitamment.

— Dès que quelque chose ne va pas, tu penses que c'est ta faute ?

— Tu peux le dire franchement. Je suis nulle, je le sais. Adolescente, j'ai suivi des cours de danse et même mon partenaire m'a laissée tomber. Après cela, le professeur m'a mise dehors.

Brusquement, une ravissante rousse apparut devant eux et, un sourire enjôleur aux lèvres, rappela à Eros qu'il lui avait promis une danse.

Une douleur sourde étreignit Priya.

— Cela ne te dérange pas ? demanda Eros en la regardant.

— Bien sûr que non, répondit-elle avec un sourire forcé avant de se diriger rapidement vers la table où Eros avait posé leurs boissons.

Une fois assise, elle s'interdit de regarder du côté de la piste de danse. Eros connaissait peut-être déjà la belle rousse...

À cette pensée, elle ne put s'empêcher de tourner les yeux vers la piste et fut submergée par une émotion si obscure, si primaire, qu'elle se mit à trembler.

Le corps de la jeune femme était littéralement lové autour de celui d'Eros qui lui adressait l'un de ses sourires les plus charmeurs.

Il avait les mains posées sur les épaules de sa cavalière, mais ne semblait pas la serrer contre lui. C'était *elle*, qui se collait à lui.

Et puis, il était libre de danser avec qui il voulait. Leur mariage n'était qu'une transaction d'affaires. Alors pourquoi brûlait-elle de l'arracher des bras de cette femme ? Était-elle... jalouse ?

Eros ne lui appartenait pas. Il ne lui appartiendrait jamais. Une fois qu'ils auraient atteint leurs objectifs respectifs, ils se sépareraient. Il n'y avait rien de personnel dans cet arrangement.

Mais il ne lui avait pas caché qu'elle l'attirait... Et elle avait repoussé ses avances. Cependant..., maintenant qu'elle le voyait danser avec une autre femme, elle se demandait pourquoi elle avait refusé sa proposition.

Cet homme respirait l'aventure, l'excitation, le plaisir, et subitement, elle en avait tellement assez de passer sa vie à travailler et de laisser sa vie lui échapper.

Avant de réaliser ce qu'elle faisait, Priya se leva et traversa la piste de danse.

— Excusez-moi, dit-elle en s'arrêtant devant eux.

Doucement, elle posa la main sur le bras d'Eros. Lui et la rousse s'écartèrent l'un de l'autre, et lorsqu'elle sentit la chaleur du regard bleu dardé sur elle Priya faillit battre en retraite.

Elle inspira profondément et soutint le regard d'Eros.

— Mon mari m'a promis la prochaine danse, dit-elle sans même regarder la belle rousse.

10

Le regard d'Eros s'assombrit. Il la dévisagea en silence, les lèvres pincées.

Quant à sa cavalière, elle avait disparu dans la foule compacte.

Priya le regarda, suffoquée par sa propre audace. Que lui avait-il pris ? Elle avait l'impression de ne plus contrôler quoi que ce soit.

Sans dire un mot, Eros tendit les mains vers elle et l'attira contre lui. Au même instant, le rythme de la musique s'accéléra et un éclat irisé traversa les magnifiques yeux bleus. Les grandes mains chaudes lui tenaient fermement les hanches. Elle n'avait aucun sens du rythme mais, Dieu sait comment, Eros réussissait à assouplir ses mouvements tout en la guidant. Et elle le suivait, se laissait conduire. Une vraie révélation.

Avait-elle toujours tenté de mener la danse ? Avait-ce toujours été ça, son problème ? À moins qu'elle n'ait jamais rencontré de partenaire qui lui convienne.

Priya se sentait complètement déboussolée. Elle avait trop chaud. Jamais elle n'avait été aussi attirée, aussi tentée, par un homme. Conserver le contrôle d'elle-même, de ses actes, avait toujours été sa priorité. Mais, dans les bras d'Eros Theodorou, tout était remis en question.

Dans ses bras, elle se sentait petite et délicate, féminine, et elle aimait cela. Il lui donnait envie d'arrêter de lutter et de s'abandonner à sa force. Et cela la terrifiait. Priya leva les yeux et vit qu'il l'observait, l'air grave et interrogateur.

Il glissa les mains sur ses reins, la faisant frissonner au tréfonds de son être.

— Cela t'a déplu de me voir danser avec elle ?

— J'ai pensé que j'étais la seule à pouvoir toucher mon mari, répondit-elle dans un souffle.

La peur et le désir se mêlaient en un courant brûlant qui l'empêchait de respirer.

— Cela fait peut-être partie de la comédie, tout simplement. À moins que... je ne sois qu'une princesse gâtée, au fond.

Lentement, il la fit basculer en arrière en lui arrimant solidement le bras autour de la taille tandis que la musique allait crescendo.

— Est-ce mal de trouver cette marque de possessivité extrêmement séduisante ? demanda Eros.

— Je ne suis pas possessive.

— Oh ! si...

Un éclat sauvage traversa ses yeux bleus.

— C'est peut-être le seul domaine dans lequel nous ne sommes pas aux antipodes l'un de l'autre, poursuivit-il.

Priya tressaillit, tiraillée entre la force qui la poussait vers lui et la peur. En serait-ce toujours ainsi ? Serait-elle toujours partagée entre deux sentiments contradictoires ?

Eros était la tentation même, et il représentait ce qu'elle n'aurait jamais dû désirer. Aussi était-il dangereux. Priya avait construit sa vie autour de la sécurité. Eros la détournait de la voie balisée qu'elle s'était tracée. Alors pourquoi était-elle tentée de sauter du haut de la falaise ?

— Si tu savais à quoi je pense en ce moment, tu t'enfuirais, reprit-il, la voix rauque. Tu *devrais* t'enfuir.

— Dis-moi à quoi tu penses.

— Je brûle de te dévorer, ici, maintenant, lui chuchota-t-il à l'oreille. De t'emmener jusqu'au bord du gouffre sans que personne ne remarque rien.

— Tu avais promis de me détruire.

— Tu es trop sage depuis trop longtemps. Dès le premier

jour, dans la limousine, j'ai perçu la vraie Priya que tu caches sous la glace. Celle qui désire plus que tout se libérer.

Le souffle chaud lui caressait l'oreille. Eros avait murmuré *libérer* avec une sensualité presque insoutenable.

Elle en avait tellement assez d'être sage. Tellement assez de la prudence. De toujours faire ce qu'il fallait. Eros avait-il raison ? Avait-elle enfoui la vraie Priya sous une armure de glace ? Elle ne s'était jamais vue comme une femme sensuelle ou passionnée. Et pourtant, ainsi enveloppée dans la chaleur d'Eros, elle sentait sa propre sensualité et la passion qui brûlait en elle.

Sans plus penser à rien, Priya renonça au peu de contrôle qu'il lui restait. Elle s'abandonna au feu qui couvait en elle et, se pressant contre Eros, elle appuya les lèvres sur les siennes. Il avait un goût enivrant, sucré, auquel se mêlait celui, plus âpre, du vin.

Quand elle approfondit le baiser, il gémit contre sa bouche et la laissa faire, la tenant serrée contre lui tandis *qu'elle* le dévorait sans plus aucune retenue.

C'était cela qu'elle avait ressenti toute la semaine. La tension, la soif, qui montaient inexorablement en elle.

Lorsque Eros interrompit soudain le baiser, Priya le supplia de continuer.

— La voici, la vraie Priya, murmura-t-il en lui caressant le cou du dos de la main. Dis-moi... Sais-tu ce que tu veux ?

— Oui. Je veux que tu m'emmènes quelque part où...

Elle battit des cils, éblouie par l'éclat incandescent du regard d'Eros.

— Je veux explorer... cette chose, cette folie... Et ensuite, nous pourrons peut-être retourner à nos vies respectives.

— Tu voudrais que tout soit terminé avant même d'avoir commencé ?

Les longs doigts descendirent sur sa gorge.

— Si tu penses pouvoir contrôler quoi que ce soit une fois

que tu seras dans mon lit, tu te trompes, princesse, dit-il en se pressant contre elle.

Priya serra les jambes malgré elle. Le regard d'Eros s'assombrit à nouveau, presque noir. Elle essaya de se détendre, d'oublier les couples qui évoluaient autour d'eux. Alors qu'en même temps le fait de savoir qu'on les observait l'excitait terriblement.

— Eros... Qu'est-ce que tu...

— Je te donne un avant-goût de ce qui t'attend, lui chuchota-t-il à l'oreille.

Elle enfonça les ongles dans son bras musclé pour retenir le gémissement qui lui montait aux lèvres. C'était de la torture. Exquise et grisante. Elle ferma les yeux...

— Regarde-moi. Dis-moi que tu le veux. Dis-moi qu'une fois ne suffira pas. Tu es prête à jouir... Je le sens.

Un juron étouffé franchit les lèvres d'Eros. Il était si viril, si sexy. Et terriblement dangereux pour son équilibre.

Mais elle avait beau le savoir, Priya ne désirait qu'une chose : rester dans ses bras et sentir le plaisir l'emporter de plus en plus haut...

— Cela suffit – pour l'instant, dit Eros en reculant d'un pas. Je veux être le seul à profiter de ton premier orgasme.

— Oui... Je le veux aussi... Je...

Elle s'interrompit et se mordit la lèvre.

Était-ce bien elle qui prononçait ces mots ? Elle n'eut pas le loisir de s'interroger davantage. Eros la prit fermement par la main, quitta rapidement la piste de danse avant de l'entraîner presque en courant dans la rue qui conduisait au port.

Eros souleva Priya dans ses bras et franchit les quelques mètres qui les séparaient encore de sa ferme, le seul endroit où il se soit vraiment senti chez lui et heureux.

C'était la première fois qu'il y amenait une femme. Il avait une réputation de play-boy – et il aimait les femmes, certes –, mais il ne les considérait pas comme des objets utilisables et jetables à merci. Il ne les choisissait pas non plus au hasard.

Il avait besoin d'être attiré par une femme et de sentir que cette attirance était réciproque. Mais jamais il n'avait rien éprouvé de tel.

Quand il baissa les yeux sur elle, Priya lui sourit, les joues roses et les lèvres rouge vif.

— Il ne s'est jamais agi d'un jeu pour moi, Priya. En dépit de ce que tu peux penser, je ne saute pas sur toutes les femmes qui me plaisent.

— Pourquoi moi ?

— Je ne sais pas très bien, dit-il, surpris par cet aveu. Tout ce que je sais, c'est que dès le moment où je t'ai vue, j'ai eu envie de toi. Je suis devenu accro à ton parfum, à ta façon de te mouvoir, et je n'ai eu qu'un désir : t'emporter dans mon lit et ne t'en laisser sortir qu'une fois que nous serions tous les deux rassasiés l'un de l'autre. Mais si tu me demandes de m'arrêter… je le ferai.

— Je ne veux pas que tu t'arrêtes, murmura-t-elle.

— Dieu merci… Je crois que ton refus m'aurait tué.

Il la reposa doucement sur ses pieds et ajouta :

— Je suis un homme dangereux, Priya. Mais pas pour toi. Jamais.

Sur ces mots, il l'embrassa à pleine bouche tandis qu'elle gémissait contre ses lèvres et promenait fébrilement les mains sur lui.

La soulevant à nouveau dans ses bras, il traversa le salon avec une telle hâte qu'elle écarta sa bouche de la sienne en éclatant de rire. Mais quand, un instant plus tard, elle pencha la tête pour lui mordiller le cou, Eros faillit perdre le peu de contrôle qu'il lui restait.

Doucement. Il ne fallait pas l'effaroucher. Pour une femme aussi sûre d'elle, Priya semblait en effet presque effrayée par sa propre sexualité. Cette femme délicieuse représentait décidément une énigme qu'il brûlait de résoudre, tout en restant lucide. Leur rapprochement ne pourrait être qu'éphémère.

Une parenthèse vouée à se refermer dès qu'ils reprendraient contact avec la réalité.

Après l'avoir laissée glisser lentement contre lui, il agrippa la robe en coton fin et eut du mal à ne pas la déchirer. Un petit rire nerveux échappa à Priya, mais quand elle aperçut l'impressionnant lit à baldaquin, elle se figea.

— Ça va ? demanda Eros, prêt à s'arrêter.

Elle acquiesça d'un bref hochement de tête, puis fit glisser elle-même la robe sur son buste, révélant un soutien-gorge en satin blanc. Du bout du doigt, Eros effleura la bordure en dentelle et sentit Priya frissonner tout entière. Fermant les yeux, elle se passa les mains derrière le dos et dégrafa le soutien-gorge.

Délicatement, presque avec respect, Eros prit les seins épanouis dans ses mains.

Enfin, songea-t-il en penchant la tête et en donnant un petit coup de langue sur un mamelon durci.

Elle poussa une plainte, puis gémit et pressa son bas-ventre contre lui.

— Tu aimes ça, hein ? murmura-t-il contre son sein en même temps qu'il caressait l'autre.

— Je ne sais pas vraiment ce que j'aime, mais oui, j'aime ce que tu me fais.

Comment pouvait-elle ne pas savoir ce qu'elle aimait ? se demanda-t-il fugacement. N'avait-elle connu que des amants soucieux de leur seul plaisir ? Une bouffée de colère lui monta à la tête à cette pensée.

Il continua néanmoins de prodiguer caresses et baisers aux seins doux, savourant chacun des petits cris et murmures qui jaillissaient des lèvres de Priya.

Redressant la tête, il l'attira contre lui et reprit sa bouche avec passion, mais quand il laissa glisser ses mains sur le ventre plat et ferme, de plus en plus bas, elle se figea à nouveau.

— Attends.

Eros recula aussitôt d'un pas.

Les traits tendus, Priya le regarda en silence un long moment.

— J'ai entendu parler de tes... prouesses, dit-elle enfin. Je sais que tu as beaucoup d'expérience...

— Je n'ai pas besoin que tu me dises combien d'amants tu as connus, Priya. Cela ne regarde que toi, répliqua-t-il en lui caressant doucement le bras. Je suis ici avec toi, pas avec un chiffre.

— Et si ce chiffre est en lien direct avec mon... expérience ?

Elle dégagea son bras et se tourna vers la fenêtre.

— Mes premières fiançailles ont laissé des marques dont je n'ai jamais réussi à me débarrasser complètement. J'étais sortie avec des garçons avant Eric, j'aimais sentir les regards masculins sur moi, mais après... Je me posais des questions dès qu'un homme me témoignait de l'intérêt. Je me méfiais de tout le monde, même de mes amis. Je me suis coupée des autres, à l'exception d'Aria.

Doucement mais fermement, Eros lui posa les mains sur les épaules. Elle craignait son jugement. Or il n'en portait aucun, ni sur elle, ni sur son manque d'expérience. Il cherchait seulement à comprendre ce qu'elle avait voulu dire.

11

Priya se retourna et regarda Eros dans les yeux.

— J'étais jeune, poursuivit-elle. J'entretenais cette idée stupide de me préserver pour ma nuit de noces et… Tu sais ce qui s'est passé. Après cela, je me suis dit que je n'avais pas besoin de sortir avec des hommes et de coucher avec eux pour avoir une vie épanouie.

Elle s'interrompit un bref instant.

— Dans l'ensemble, ma virginité ne m'a causé aucun problème… jusqu'à ce que je te rencontre.

Durant un long moment, ils restèrent silencieux l'un en face de l'autre.

— Vu ton brillant parcours et le temps que tu consacres à ton travail, dit-il enfin, je ne suis pas étonné qu'il n'y ait pas eu de place dans ta vie pour les hommes.

L'ombre d'un sourire passa sur ses lèvres.

— Je mentirais si je disais que je ne suis pas flatté, et encore plus excité, de savoir que je suis le premier à te tenter.

— Je pensais que tu serais horrifié d'avoir été attiré par une authentique vierge.

— Par opposition à une fausse ?

Priya laissa échapper un petit rire nerveux, puis ferma les yeux et serra les paupières. Elle savait toujours quoi dire, savait toujours comment se sortir de toutes les situations, mais cet homme à la beauté impossible avait décidément le pouvoir de la déstabiliser.

Elle sentit sa chaleur avant même qu'il la touche. Rouvrant les yeux, elle croisa son regard noir de désir.

— Tu as beau être inexpérimentée, tu n'en restes pas moins la femme la plus sensuelle que j'aie jamais rencontrée...

Doucement, il lui souleva le menton.

— Je n'ai jamais désiré autant une femme, Priya.

Ce n'était certes pas la réaction à laquelle elle s'attendait. Elle avait vraiment cru qu'il changerait d'avis quand il connaîtrait la vérité. Que son désir s'éteindrait aussitôt.

Libérée d'un poids énorme, elle se laissa aller contre lui tandis qu'il refermait les mains sur ses reins.

— Moi aussi je te désire, dit-elle en renversant la tête en arrière pour le regarder. Je veux que tu sois mon premier amant, Eros.

Le baiser qui s'ensuivit fut presque sauvage, comme si le désir se déchaînait entre eux et en eux. Priya recula en entraînant Eros avec elle et s'allongea sur le lit. S'appuyant sur un coude, il descendit la main sur sa gorge, passa entre ses seins, mais quand il glissa les doigts entre ses cuisses, elle se raidit malgré elle. Il s'arrêta aussitôt et la regarda, l'air... perdu. Jamais encore elle ne l'avait vu ainsi.

Elle prit sa main et la remit entre ses cuisses.

— Je veux tout de toi, Eros. Ne retiens rien, s'il te plaît.

Lorsque, après quelques caresses, il se concentra sur son clitoris, Priya sentit des étincelles de plaisir fuser dans ses reins et une chaleur délicieuse se propager en elle. Il la caressait lentement, tout en l'embrassant et en la regardant dans les yeux. Il prenait plaisir à la voir s'abandonner, elle le comprit à l'éclat de son regard.

Quand il introduisit un doigt en elle, Priya se mordit la lèvre à s'en faire mal. Puis il en introduisit un second et toute pensée cohérente la déserta. Pouvait-on mourir d'un excès de plaisir ? Son corps se convulsait, prêt à s'envoler dans l'extase, mais Eros avait l'art de la ramener sur terre en lui déposant de doux baisers sur l'intérieur des cuisses. Bientôt, elle ne put plus supporter d'attendre. Elle le prit par les épaules et l'attira contre elle en haletant.

Il tendit la main vers la table de nuit. Elle entendit un froissement, puis il se redressa au-dessus d'elle et la regarda droit dans les yeux. Le lien qui les unissait était si puissant qu'elle faillit prononcer des mots insensés. Les émotions qu'elle ressentait ne correspondaient pas à ce qui se passait réellement entre eux, Priya le savait. Elle repoussa les pensées qui se bousculaient dans son esprit, se concentra sur le présent, sur la sensation des hanches lui maintenant les cuisses écartées tandis qu'Eros la pénétrait lentement.

À sa grande surprise, elle ne ressentit aucune douleur, seulement du plaisir, d'une intensité extraordinaire. Eros était un amant fabuleux, il l'encourageait en lui murmurant à l'oreille des mots tendres en même temps qu'il accélérait légèrement le rythme de ses coups de reins. Mais elle ne voulait pas qu'il soit doux, et il parut le comprendre sans même qu'elle le dise à voix haute. Soulevant les hanches pour l'attirer plus profondément en elle, Priya sentit le moment où il commença à perdre le contrôle. Elle vit ses biceps se contracter, puis entendit un son guttural, entre juron et gémissement.

Le voir s'abandonner à la force primaire qui les animait tous les deux agit sur elle comme un déclic. La spirale de feu se déploya en elle, l'embrasant tout entière.

— Je crois que je vais...

C'était trop intense, elle ne pourrait pas...

— N'aie pas peur, je t'accompagne, dit Eros d'une voix rauque en glissant les mains sous ses hanches.

Il donna un vigoureux coup de reins, la pénétrant au plus profond, avant de remuer en elle, en petits mouvements circulaires qui lui arrachèrent des cris de volupté.

Jusqu'à ce qu'elle soit soudain submergée par un malstrom de sensations vertigineuses.

Comme il le lui avait promis, Eros l'accompagna dans l'extase en murmurant son prénom, le visage enfoui dans ses cheveux.

Eros se réveilla seul dans son lit.

Quelques instants plus tard, il trouva Priya dans la véranda vitrée qui surplombait la baie. Il la regarda un long moment en silence. Installée dans son fauteuil à bascule préféré, elle semblait… chez elle.

Mais lorsqu'elle tourna soudain les yeux vers lui, il vit de la méfiance dans son regard. Ils n'avaient pas parlé de ce qui se passerait *après*.

Ils avaient fait l'amour à trois reprises au cours de la nuit alors qu'il avait été son premier amant. Comment avait-il pu se comporter de façon aussi inconsidérée, bon sang !

— Tu as mal ?

— Non. Je…

Elle s'interrompit en se mordant la lèvre.

— Dis-moi.

— Je me suis levée… parce que lorsque je me suis réveillée avec toi allongé à côté de moi, je t'ai désiré à nouveau. C'est toujours comme ça ? demanda-t-elle avec un petit sourire timide.

Eros dut faire un effort pour ne pas bondir vers elle.

Avait-ce déjà été « comme ça » pour lui ? Demain, ils affronteraient les conséquences de cette folie. Pour l'instant, il céderait au désir égoïste de la posséder. Il la ferait sienne encore et encore, comme jamais aucun homme n'avait possédé une femme.

Mais tout d'abord… S'avançant vers elle, Eros écarta les pans du peignoir et s'agenouilla entre les cuisses à la peau satinée en lui appuyant doucement, mais fermement, le dos contre le dossier.

Elle lui ouvrit ses jambes, voulut le toucher, mais il secoua la tête et lui caressa l'intérieur des cuisses. La lumière argentée faisait luire par endroits sa peau couleur caramel, d'autres restaient plongés dans l'ombre.

Du bout du doigt, il caressa le clitoris frémissant tandis qu'elle fermait les yeux avant de les rouvrir aussitôt. Il pencha la tête et embrassa un genou, puis continua lentement vers le sexe offert.

Il leva les yeux et croisa le regard de Priya. Et soudain, il éprouva une sensation qu'il n'avait pas éprouvée depuis l'adolescence. Il se sentit vulnérable. Son passé disparut, ses exploits en chambre, ses fanfaronnades, sa réputation de play-boy irrésistible, d'amant hors pair.

Les yeux rivés à ceux de Priya, les lèvres toutes proches de sa chair intime, il déglutit avec effort et murmura :

— Je veux te goûter. Et je veux que tu me regardes te goûter.

Elle laissa échapper un petit halètement puis hocha la tête. Eros lui posa les mains sur les cuisses et les écarta, avant de se repaître de son merveilleux goût de femme tandis qu'elle soulevait les hanches en réponse à ses caresses.

Les deux jours suivants s'écoulèrent comme dans un rêve, entre étreintes passionnées et confidences chuchotées dans la pénombre tandis qu'ils reposaient tous les deux enlacés.

Ensuite, ils retournèrent à Myrtus et poursuivirent les travaux ensemble, passant leurs journées sous le chaud soleil automnal et leurs nuits dans une tout autre sorte de chaleur. Ils bavardaient, aussi, notamment après l'amour, et Priya se laissa aller à des confidences dont elle ne se serait jamais crue capable. Elle lui parla de l'anxiété qui faisait partie d'elle-même depuis toujours, tandis qu'Eros lui racontait des épisodes de son enfance difficile, révélant ainsi une vulnérabilité qu'elle n'aurait jamais soupçonnée.

Avec lui, elle ne se sentait pas obligée de feindre, ni ne craignait qu'il profite de la faiblesse qu'elle dévoilait. Et c'était peut-être l'aspect le plus dangereux de leur liaison. Priya savait qu'elle aurait dû rester prudente. Mais quand elle était avec Eros... elle se sentait si bien qu'elle oubliait tout ce qui n'était pas lui. Comme si avec chacun de ses baisers, chacune de ses caresses, il faisait disparaître les ténèbres qui l'habitaient et les remplaçait par sa vitalité rayonnante.

Ça ne durera pas, lui répétait régulièrement une petite voix intérieure. Mais Priya faisait la sourde oreille. Jusqu'au jour où, alors qu'Eros s'entretenait au téléphone avec son équipe de juristes, elle fut surprise de le voir marcher de long en large dans la véranda comme un ours en cage. Dès qu'il s'aperçut qu'elle l'observait, il mit fin à la conversation.

— Tout va bien, Eros ?

— Nous devons rentrer à New York plus tôt que je ne l'avais prévu.

— Il y a un problème ?

Elle se posa la main sur la poitrine. Son cœur battait trop vite, trop fort. Lorsque Eros se retourna vers elle, une ombre voilait ses yeux bleus, il avait le visage fermé. Ils n'avaient plus fait allusion à leur arrangement depuis leur première étreinte. Pas une seule fois.

— Disons que ma mère a jugé bon de s'intéresser à l'affaire et qu'il vaut mieux que je sois présent pour la finalisation du processus.

Plutôt vague, comme réponse... En proie à un mélange d'émotions déstabilisantes, Priya acquiesça d'un hochement de tête. Le téléphone d'Eros sonnant à nouveau, il s'éloigna rapidement tandis qu'elle en profitait pour regagner sa chambre et préparer ses bagages.

Elle sortit sur le balcon et respira les parfums montant des fleurs et de la mer. Le soleil commençait à descendre au-dessus des flots et colorait les murs blancs de la villa de reflets orangés.

Cela ne faisait-il vraiment que deux semaines qu'elle était arrivée sur cette île paradisiaque ? Elle avait l'impression qu'une éternité s'était écoulée depuis son départ de New York.

Une fois installée à bord du jet, Priya regarda Eros s'asseoir en face d'elle et dit doucement :

— J'ai passé deux semaines délicieuses. Je te remercie de m'avoir fait découvrir cet endroit merveilleux.

Il fronça les sourcils, l'air incrédule et furieux.

— Tu me remercies ? répéta-t-il avant de tourner les yeux vers le hublot. Tu parles de l'île, ou du sexe ? Comptes-tu m'attribuer une note entre zéro et cinq ? Ou cocher mon nom sur l'une des listes de ton agenda ?

— Tu es injuste, répliqua Priya, confuse et blessée par sa cruauté. J'essaie de rester rationnelle...

— Rationnelle ? l'interrompit-il d'une voix doucereuse. C'est ce que tu veux ?

— C'est la meilleure façon de réduire les risques, non ?

Pourquoi cet échange était-il aussi tendu ?

— Nous savons tous les deux que nous avons été stupides de laisser cette liaison se développer sans établir de règles, ajouta-t-elle avec un haussement d'épaules.

— Je ne respecte pas les règles, je te l'ai dit.

— C'est bien pour cette raison, entre autres, que nous sommes incompatibles.

Se rendant compte qu'elle commençait à avoir du mal à respirer, Priya détourna les yeux.

— Parce que moi, je les respecte, poursuivit-elle. J'en ai besoin. J'ai dressé un plan qui me permettra d'atteindre...

— Je ne fais pas partie de ce plan. J'ai compris.

Il éclata d'un rire sombre et bref.

— Eh bien, tu ne faisais pas non plus partie du mien et pourtant, nous sommes ici, l'un en face de l'autre.

Un long silence s'ensuivit. Elle n'avait jamais vu Eros ainsi. Toute son assurance, tout son charme, avaient disparu. Et il semblait si furieux. Contre elle.

— Je me méfie de moi-même, Eros, dit Priya, ne supportant plus le silence. Si nous ne tirons pas un trait maintenant, quand le ferons-nous ? Je ne suis pas habituée à ce type d'arrangement. Surtout avec un homme qui est... mon mari.

— Tu as raison, répliqua-t-il d'un ton bourru. Mais je ne me lasse pas de toi.

— Dois-je prendre cela pour un compliment ?

Alors qu'elle avait voulu faire un trait d'humour, ses paroles respiraient la crainte. De céder à la tentation. Parce qu'au fond d'elle-même Priya savait que ce serait une très mauvaise idée.

— Tu devrais avoir peur, dit-il en se penchant vers elle pour l'embrasser dans le cou. Je ne me contrôle plus quand je suis avec toi. Plus du tout.

Les lèvres expertes se promenaient sur sa peau, descendaient sur sa gorge...

— Est-ce bien réel ? demanda-t-elle dans un souffle. Qu'est-ce qui a changé pour toi ? Pourquoi moi ?

Il redressa la tête avant d'appuyer le front contre le sien.

— Priya... Je ne suis pas du genre à faire des promesses...

— Je ne veux pas de promesses, l'interrompit-elle à la hâte, tout en sachant qu'elle n'était pas tout à fait sincère.

Mais, même à supposer qu'il veuille davantage qu'une simple aventure, quel avenir leur histoire pouvait-elle avoir ?

Eros l'embrassa, lui coupant le souffle. Il l'enveloppait, la consumait, et Priya eut le sentiment qu'elle pourrait brûler ainsi jusqu'à la fin de ses jours. Elle avait cru que la passion diminuerait, mais c'était tout le contraire. Plus elle passait de temps avec lui, plus elle avait soif de sa présence. Plus il la caressait, plus elle avait besoin de ses caresses.

Cependant, ce n'était pas seulement du plaisir qu'elle était devenue dépendante. C'était de lui. De son tempérament joueur et de la passion qu'il mettait dans toute chose. De la liberté avec laquelle il partageait ses pensées. Tout les opposait et, pourtant, ils étaient une seule et même personne.

Priya ferma les yeux pour tâcher de résister aux émotions qui menaçaient de la submerger. Elle devait se concentrer sur le plaisir, sur le présent.

Comme s'il avait deviné ses pensées, Eros la souleva dans ses bras tandis que, d'instinct, elle lui enroulait les jambes autour de la taille. Puis, la serrant farouchement contre lui, il s'avança à grands pas vers la chambre située à l'arrière du jet.

12

Eros regarda une dernière fois Priya endormie dans son lit. Après l'avoir tenue éveillée une bonne moitié de la nuit, il pouvait bien la laisser se reposer, même s'il brûlait de l'embrasser avant de partir à son rendez-vous.

Lorsqu'il sortit de l'immeuble, l'air frisquet lui fit du bien et il décida de marcher. Il en profiterait pour remettre de l'ordre dans ses pensées.

Qu'éprouvait-il au juste pour Priya ? se demanda-t-il en s'avançant d'un bon pas sur le trottoir. Au début, il l'avait vue comme un défi à relever, une forteresse à conquérir. Ou peut-être était-ce ce qu'il s'était répété pour éviter d'analyser le lien profond qui s'était vite créé entre elle et lui.

Peut-être avait-il cédé à quelque instinct de mâle arriéré réveillé par la vue de l'alliance au doigt de Priya, ou peut-être était-ce simplement le fait qu'elle lui ait dit qu'elle lui faisait confiance. Comment savoir de quoi il s'agissait exactement ? Tout ce qu'Eros savait, c'était qu'il n'avait jamais désiré autant une femme. Et qu'il n'était pas prêt à mettre une croix sur leur histoire.

Il avait autorisé Arista à décider des modalités de leur rendez-vous. Inutile de se quereller à propos de ce genre de broutilles quand les enjeux étaient aussi importants.

Eros s'arrêta bientôt devant le haut immeuble de verre qui abritait le siège de Mytikas Holdings depuis des années. Les bureaux occupaient les quatre derniers étages de la tour étincelante située en plein cœur du quartier des affaires. C'était là que Zeus avait été considéré comme un dieu descendu parmi les hommes, et s'était servi de la peur et de l'intimidation pour régner.

Depuis la cabine de l'ascenseur, tout en verre elle aussi, qui gravissait les étages, Eros vit le personnel s'affairer alors que le soleil venait à peine de se lever. La presse avait parlé des conditions infernales imposées aux stagiaires, des employés surchargés de travail et de l'inégalité des chances. Mais, à la différence de Davidson Khan Financial, Mytikas Holdings n'avait jamais fait faillite en dépit des innombrables procès en justice et des accusations d'exploitation dont l'entreprise avait fait l'objet.

Aussi fut-il surpris de voir, alors qu'il traversait l'immense espace ouvert où se côtoyaient les bureaux, des hommes et des femmes en train de boire leur café en bavardant les uns avec les autres. Ces gens n'avaient l'air ni malheureux ni surchargés de travail.

Subitement, il se demanda pour la première fois ce qui leur arriverait une fois qu'il aurait démantelé Mytikas. Il ne pourrait pas les embaucher tous chez Arcum. Que deviendraient leurs familles ?

Eros chassa cette pensée. Il n'agissait pas par égoïsme. Il avait attendu plus de dix ans pour se venger. Il y avait eu une époque où il avait rêvé de diriger cet empire en tant que bras droit de son père. Avant que ce rêve lui soit arraché.

Une jeune assistante le fit entrer dans l'une des vastes salles de réunion, mais son frère aîné n'était pas assis à l'extrémité de la longue table de marbre. Arista entra, seule, par la porte située au fond de la pièce.

Elle s'avança vers lui avec son assurance habituelle et s'appuya la hanche contre le plateau de marbre.

— Contente de te voir, mon chéri. Les félicitations s'imposent, d'après ce que j'ai ouï dire. Tu n'as pas songé à mettre ta propre mère au courant de tes projets ?

Arista était encore belle, mais soudain elle faisait son âge. Et surtout, elle avait l'air misérable. La mort de Zeus l'avait réellement affectée, réalisa soudain Eros. Elle ne jouait pas la comédie.

— Je ne pouvais pas prendre le risque d'être doublé par toi, répliqua-t-il avec un haussement d'épaules. Où est Xander ? Je veux voir sa tête quand il réalisera qu'il va tout perdre.

— Il est en voyage de noces, dit sa mère d'un ton neutre. Mais il a eu la délicatesse de me licencier avant de partir.

Eros s'efforça de ne rien montrer. Il ne lui accorderait pas la moindre pitié. Parce que c'était ce qu'elle voulait. Le manipuler. Le fait que Xander soit en voyage de noces ne signifiait absolument rien. À moins que son frère aîné ait réussi à le battre de vitesse ? C'était impossible...

— Quand a eu lieu le mariage ? demanda-t-il.

L'expression d'Arista se durcit.

— Le même jour que le tien. Presque au même instant.

— Je l'attaquerai en justice, déclara Eros. Ce... Cela ne... ne signi... ne signifie... rien.

Son sang se glaça dans ses veines en retrouvant l'horrible sensation de sa bouche qui se mouvait plus lentement que ses pensées. Il serra les mâchoires au maximum pour empêcher le bégaiement de refaire surface devant sa mère. Elle fronça les sourcils mais ne fit aucune remarque.

— Tu as une décision importante à prendre, mon fils.

Mon fils. Le choix de cette appellation l'ébranla profondément et, l'espace de quelques instants, il crut voir une lueur de regret dans les yeux gris d'Arista.

— Je l'attaquerai en justice, répéta-t-il. Je ne m'arrêterai pas avant que cette entreprise ne soit réduite en poussière.

— Je suis fatiguée de cette histoire, Eros. Fatiguée de cette vie. Pas toi ? demanda-t-elle, un pli amer aux lèvres.

Elle se retourna face à la baie vitrée derrière laquelle passaient rapidement les nuages.

— Elle ne t'aurait jamais appartenu, mère, dit Eros, surpris par la douceur de sa propre voix. Zeus ne t'aurait jamais considérée comme son égale. Cet homme était un macho et un despote. Il n'aurait jamais délégué quoi que ce soit à quiconque. Encore moins à une femme.

— On ne choisit pas de qui on tombe amoureux, Eros, répliqua Arista en se retournant vers lui. En dépit de ses innombrables erreurs et défauts, nous nous aimions… et je crois qu'il t'aimait aussi, à sa façon.

À ces mots, Eros éclata d'un rire si dur et si froid que sa mère tressaillit.

— Cette affaire d'héritage est désormais à régler entre vous trois. Je regrette de m'en être mêlée.

Elle secoua lentement la tête.

— Mais lorsque j'ai su que tu avais épousé l'héritière de Davidson Khan, j'ai commencé à creuser…

S'interrompant, elle le regarda un instant et fit glisser un dossier mince sur la table. Eros le prit et en parcourut rapidement le contenu en sentant des gouttes de sueur perler à son front.

— Pourquoi ? demanda-t-il, le cœur lui martelant la poitrine. Elle ne méritait pas de se retrouver impliquée dans notre guerre.

— Crois-moi ou pas, mais j'ai fait ceci pour te protéger. Pour empêcher que tu sois détruit à cause de ton association avec elle. Tu as tellement travaillé, tellement…

— Elle attendait cela depuis des années, gronda-t-il. Je me devais de la protéger.

— Je ne t'avais encore jamais vu dans cet état, Eros… Aimes-tu cette femme ?

La question d'Arista, l'émotion qui se lisait dans ses yeux, le désarçonnèrent complètement. De la même façon qu'il s'était senti perdu lorsque Priya avait dit qu'ils devaient en finir.

Eros tourna le dos pour échapper au regard trop perspicace de sa mère. Cette nouvelle Arista le déconcertait encore plus que l'ancienne. Il avait besoin d'être seul, de réfléchir, de trouver un moyen de se sortir de cette situation impossible où il se voyait forcé de choisir entre son désir de vengeance et l'avenir de Priya.

Il avait le choix entre renoncer à la vengeance ou renoncer à elle.

Pas un seul instant il n'avait prévu qu'elle joue un rôle déterminant dans son plan. Elle devait être un simple pion. Quand était-elle devenue plus que cela, exactement ? À quel moment avait-elle commencé à influencer ses décisions ? À compter pour lui ?

Quand il se retourna, la simple vue du dossier l'emplit d'une rage folle. Priya était sa femme, alors il pouvait peut-être essayer de se persuader qu'il était inquiet pour elle, pour sa réputation, du fait de son association avec toute cette corruption. Elle toucherait néanmoins son héritage et serait libre d'en disposer à sa guise.

Mais brusquement, son projet de vengeance lui parut dérisoire comparé à un tel désastre. Eros ne voulait pas la faire souffrir. En vérité, il préférait souffrir lui-même plutôt que de faire souffrir Priya.

Elle était sur le point d'entamer une nouvelle vie, de contrôler enfin l'empire qui lui revenait de naissance. La princesse allait devenir une reine. Il devait trouver une solution pour éviter de la voir s'éloigner de lui pour toujours.

— Quelqu'un d'autre est au courant ? demanda-t-il à Arista.

— Tu n'as pas encore appris la nouvelle ? répliqua-t-elle avec calme. Je pensais que c'était la raison de ta venue. Cela ne faisait pas partie de mon plan. Mais j'étais dans l'obligation légale d'informer les autorités.

— Qu'as-tu fait ? demanda Eros d'une voix blanche, la peur lui nouant la poitrine.

— Son oncle a été arrêté la nuit dernière et tous ses biens ont été saisis. Davidson Khan va être liquidé.

Il bondit vers la porte en réfléchissant au trajet le plus court jusque chez lui afin d'arriver avant que Priya n'apprenne la nouvelle. Elle ne devait pas être seule quand elle découvrirait la vérité. Elle devait d'abord entendre sa version de l'affaire.

— Je suis désolée, Eros, dit sa mère derrière lui.

Mais Eros l'entendit à peine et continua d'avancer, obsédé par une seule pensée : rejoindre sa femme avant qu'il ne soit trop tard.

Les portes de l'ascenseur s'ouvrirent et Priya s'avança dans le couloir aux murs lambrissés de Davidson Khan Financial.

Un désordre incroyable régnait partout. Des papiers étaient épars sur les bureaux, les chaises et fauteuils repoussés dans tous les sens, les tiroirs à moitié ouverts. On aurait dit le décor d'un film catastrophe dans lequel les gens voient soudain la tornade approcher et s'enfuient en courant, laissant tout en plan derrière eux.

Sorelli, l'avocat de la famille, l'avait appelée une heure plus tôt. « Votre oncle a été arrêté cette nuit. Tout est perdu. »

Il avait fallu quelques minutes à Priya pour assimiler le sens de ces paroles tandis qu'elle restait figée et glacée dans le lit d'Eros. L'avocat l'avait informée que, pendant qu'elle se trouvait en Grèce, Arcum Investments avait demandé une expertise pré-achat qui avait révélé les secrets sordides que son oncle cachait soigneusement. Les résultats de l'expertise avaient été communiqués aux autorités concernées et causé des dommages irréparables. Si elle tentait de revendiquer ses droits sur l'entreprise en faillite, son nom serait lui aussi traîné dans la boue.

Aussitôt après l'appel de Sorelli, elle avait pris un taxi, paniquée et n'arrivant pas à y croire. Le cœur battant à tout rompre, elle s'était efforcée de réfléchir. Il y avait forcément une explication logique… Mais maintenant qu'elle était arrivée sur place, elle ne pouvait que constater que tout le monde était parti.

Entrant dans le bureau de son père, elle s'assit dans le fauteuil à oreilles et regarda autour d'elle en cherchant désespérément quelque chose à quoi se raccrocher. Était-ce possible que tout soit vrai ? Avait-il pu participer à des actes aussi frauduleux ? Priya repensa aux réunions secrètes organisées régulièrement dans leur maison des Hamptons, aux appels téléphoniques au beau milieu de la nuit. Avait-elle été la seule à ne rien voir ? Son père n'avait pas été parfait, mais elle refusait de croire qu'il était mauvais. Il ne méritait tout de même pas que l'on efface le travail de toute sa vie...

Elle ne le méritait pas non plus. Soudain, Priya se rendit compte qu'elle était trop anéantie pour éprouver de la colère. Elle se trouvait dans un trou noir. Elle était victime d'une effroyable trahison.

Cela ressemblait tellement à ce qu'elle avait vécu autrefois. Dans un autre bureau, à une autre époque, lorsque sa confiance avait été brutalement détruite.

Sauf que cette fois-ci elle s'était donnée à Eros. Corps et âme.

Et elle était tombée amoureuse de lui, bien sûr, réalisa-t-elle avec un sanglot. Elle s'était toujours moquée des gens qui disaient avoir eu le coup de foudre, mais elle avait été fascinée par lui dès le début. Elle avait succombé à son charme.

Durant ces deux semaines, il avait eu des tas d'occasions de lui parler de ses inquiétudes concernant l'entreprise. Elle l'aurait écouté. Elle n'aurait pas fermé les yeux sur de telles ignominies.

Eros n'avait peut-être jamais eu l'intention de respecter les termes de leur arrangement. Il n'aimait pas les règles, il les détournait à ses fins, il l'avait dit lui-même.

Quelque chose se rompit en elle. Tout prouvait qu'il l'avait trahie.

L'ancienne Priya serait sortie de ces bureaux folle de rage, prête à se venger. La nouvelle était sans force, comme si en lui portant ce dernier coup Eros lui avait pris sa force vitale.

Jamais elle n'avait été lâche. Elle avait toujours affronté les épreuves la tête haute. Elle avait pris les bonnes décisions, même lorsque cela impliquait des choix difficiles ou douloureux

Mais la perspective de revoir Eros et de devoir affronter ce qu'il avait fait, elle ne pourrait le supporter.

Priya ferma les yeux en retenant ses larmes de toutes ses forces. Elle devait se ressaisir et quitter cette pièce la tête haute. Même si elle ne savait absolument pas ce qu'elle allait faire, maintenant qu'elle avait perdu le but qui l'animait depuis tant d'années. Il lui restait encore l'argent de son père ; il serait bientôt débloqué. Mais elle n'avait jamais vraiment voulu de cet argent. Peut-être parce qu'au fond d'elle-même elle avait soupçonné que cette fortune avait des origines douteuses.

Quelques instants plus tard, elle sortit de ce même ascenseur qu'elle avait pris deux semaines plus tôt avant de se retrouver face à Eros.

« Je suis venu vous détruire. »

Il avait atteint son but. Elle avait perdu toutes ses défenses. Ce ne fut que lorsqu'elle se retrouva sur le trottoir et sentit les premières gouttes de pluie tomber sur son visage que Priya réalisa qu'elle ne savait pas où aller. Pas chez Eros, en tout cas. Il pouvait garder ses vêtements. Toutes ses affaires. Elle ne désirait qu'une seule chose : être seule.

Au moment où elle s'avançait sur le trottoir, une longue limousine gris métallisé apparut au bout de la rue et s'arrêta à sa hauteur. *Pas lui. Pas maintenant*, pria-t-elle en silence.

Mais c'était lui, bien sûr.

Eros sortit du véhicule, tout en grâce féline. Pas la peine de lui demander s'il savait ce qui s'était passé. Elle le voyait sur ses traits.

— Monte, dit-il de sa voix grave, colorée d'une émotion sur laquelle elle ne put mettre un nom.

— Va te faire voir, lança-t-elle sans réfléchir.

Il tressaillit, comme si elle l'avait frappé.

— Priya... Laisse-moi t'expliquer, s'il te plaît.

— As-tu demandé l'expertise ? répliqua-t-elle sèchement.

À présent, elle en avait soupé des mensonges. Elle en avait plus qu'assez d'être manipulée par les hommes de son entourage.

— Oui, ou non ?

— Oui. Je l'ai demandée.

Cet aveu l'atteignit en plein cœur. Elle détourna les yeux et carra les épaules. Elle ne craquerait pas. Pas devant lui.

— C'est une pratique habituelle, chez Arcum, mais ensuite, ma mère s'en est mêlée, déterminée à saboter notre arrangement... Je n'ai jamais voulu que cela prenne cette tournure, je te le promets.

— Pardonne-moi, mais tes promesses ne pèsent pas lourd, dit Priya, les mâchoires crispées. De mon côté, j'ai rempli ma part du contrat en t'épousant et en me coupant du monde pendant deux semaines. J'ai même eu droit à du sexe fabuleux en prime.

— Arrête. Ne fais pas cela. Ne salis pas ce que nous avons partagé... Ce qui se passe avec Davidson Khan appartient strictement...

— Au domaine professionnel, c'est cela ? Dois-je en déduire que j'ai désormais une place dans ta vie personnelle ?

— Franchement, tu en doutes ? demanda-t-il, l'air sincère. Dans ce que nous avons partagé, rien n'était simulé, Priya. Tout était authentique. J'avais trop peur de le reconnaître, sur le moment, parce que... Parce que je savais que j'avais... tout fichu en l'air. Et que je devais rectifier le tir si je voulais que nous ayons une chance.

— Une chance de quoi faire, Eros ? De vivre quelques semaines de sexe supplémentaires avant que tu en aies assez de moi ? Tu sais quoi ? Cela n'a aucune importance.

— Bien sûr que si ! s'exclama-t-il en tendant la main vers elle. Priya, l'entreprise de ton père était tout aussi corrompue que celle de Zeus. J'ai été dans la même position que toi. J'ai découvert la vérité sur mon père et j'ai essayé de le faire tomber. Xander m'en a empêché et je l'ai payé très cher. Cela m'a presque anéanti. Je ne voulais pas que tu vives la même chose.

— Tu aurais pu me faire confiance, savoir que je ferais ce qu'il fallait. C'était à moi d'en décider. Comment as-tu osé me priver de cette possibilité ?

Sentant le désespoir la gagner, Priya se concentra sur sa respiration.

— Qu'est-ce qui m'empêche de mettre un terme à ce mariage, là, maintenant, et de t'empêcher de mener ta vengeance à bien ? Qu'est-ce que j'ai à perdre ?

Il se figea, puis hocha la tête.

— Tu es libre de le faire. Je ne t'en empêcherai pas.

Divorcer maintenant annulerait tout. Eros ne pourrait plus revendiquer aucun droit sur l'empire de Zeus. Son propre héritage n'avait pas encore été débloqué. Sans Eros, elle ne pourrait pas réparer les dommages subis par Davidson Khan, mais elle avait déjà renoncé à l'entreprise. Toute cette histoire était trop douloureuse.

— Alors c'est terminé ? demanda Eros.

La pluie plaquait ses cheveux autour de son beau visage.

— Tu as déjà pris ta décision ? continua-t-il. Ce n'est pas la peine que je dise quoi que ce soit ?

— Qu'y a-t-il d'autre à dire ?

Priya repoussa la tristesse qui l'envahissait.

— Considère cette histoire comme une mauvaise spéculation.

Il eut un léger sursaut.

— Si tu t'en vas maintenant, Priya, je n'irai pas te rechercher.

Les larmes lui montèrent aux yeux. Elle acquiesça d'un hochement de tête.

— Cela ne changerait rien, de toute façon. Nous le savons tous les deux.

Sur ces mots, elle s'avança sur le trottoir. Tout en elle lui criait d'oublier sa fierté et son bon sens. Mais elle savait que c'était son cœur brisé qui la suppliait de se retourner, et que si elle voulait survivre à cette épreuve elle devait penser avec son cerveau.

13

Priya s'assit une fois encore dans le grand fauteuil à oreilles de son père et s'efforça de résister à l'accès de mélancolie qui la gagnait. Depuis une semaine, elle passait des nuits blanches à essayer d'accepter tout ce qui lui arrivait et de trouver une nouvelle façon d'avancer.

Le majestueux immeuble avait beau appartenir à leur famille depuis plus d'un siècle, son oncle l'avait hypothéqué à un taux élevé. Elle avait signé les premiers documents relatifs à la procédure de divorce mais sans que cela ait des répercussions sur son héritage. Cependant, il faudrait des mois avant que le processus soit finalisé, aussi n'avait-elle pas les moyens d'empêcher la vente. L'immeuble avait donc été vendu aux enchères et elle était venue trier les derniers documents personnels de son père.

Elle tressaillit en entendant un bruit de moteur puissant se rapprocher. Le véhicule s'arrêta au bas de l'immeuble. À Manhattan, il y avait beaucoup de passage, mais le bruit de ce moteur avait réveillé en elle la passionnée de voitures racées, lesquelles appartenaient souvent à des gens fortunés.

Le cœur battant la chamade, elle se précipita vers la fenêtre et, baissant les yeux, aperçut une magnifique voiture de sport rouge garée le long du trottoir.

Sans réfléchir, elle dévala le majestueux escalier permettant d'accéder à l'entrée principale. Mais ce n'était pas Eros qui se tenait dans le hall. C'était Arista Theodorou.

Priya avait aperçu la mère d'Eros une semaine plus tôt, par l'œilleton de la porte de son appartement, lorsque l'élégante blonde était venue lui remettre personnellement les documents relatifs au divorce. Priya ne lui avait pas ouvert. Elle avait signé les papiers et les avait retournés par coursier.

— Ne vous inquiétez pas, dit Arista Theodorou en souriant. Je ne suis pas venue semer la pagaille.

— Comment avez-vous su que j'étais ici ?

— Je ne le savais pas. Je suis passée chez vous mais personne ne m'a répondu, alors j'ai pensé que je vous trouverais peut-être ici. J'espère que vous n'avez pas déjà tout jeté ?

— Pourquoi pas ? rétorqua Priya. L'entreprise ne m'appartient plus. Elle ne m'a jamais appartenu.

— Et si vous aviez une chance de la récupérer ?

— J'ai étudié toutes les possibilités. Si j'avais une chance de la récupérer, je le saurais.

— Je suis mandatée par la personne qui vient d'acheter l'immeuble aux enchères. Je suis habilitée à signer l'acte de cession avec effet immédiat, si cela peut vous intéresser.

— Bien sûr que cela m'intéresse, dit Priya, confuse. Mais...

Arista Theodorou l'arrêta d'un geste de la main.

— Je peux accélérer le processus vous permettant d'accéder à votre héritage – lequel représente une somme considérable, si mes renseignements sont exacts –, et tout pourrait être réglé très rapidement.

— Mais pourquoi feriez-vous...

Elle s'interrompit brutalement.

— C'est Eros qui vous envoie.

— Je travaille comme consultante pour Arcum depuis peu. Il a pensé que vous pourriez accepter la proposition plus facilement si elle venait de quelqu'un d'autre.

Priya refoula la tristesse qui la submergeait. Il avait acheté l'immeuble rien que pour lui permettre de le récupérer.

Elle repensa à une conversation échangée au cœur de la nuit, lorsqu'elle lui parlait de ses projets. Eros avait été impressionné par ses idées qu'il trouvait innovantes. Il avait cru en elle. Cela n'effaçait pas ses erreurs, mais ce souvenir restait gravé en elle.

Le cliquetis des talons d'Arista la ramena au présent.

— Cela a toujours été une société de gestion de patrimoine ? demanda-t-elle en s'avançant dans le hall.

— L'immeuble appartenait à ma famille depuis sa construction, il y a plus d'un siècle. Au départ, il s'agissait d'une entreprise sidérurgique, je crois. Ses activités ont été réorientées plusieurs fois depuis.

— La reconversion est une bonne chose, croyez-moi. Je me suis retrouvée récemment dans la même position. Un endroit comme celui-ci pourrait offrir un merveilleux point de chute pour les femmes comme moi qui passent la plupart du temps à voyager pour leur travail. Cela ne me dit rien de partager mon espace bureau avec une bande de nomades numériques bruyants.

Elle regarda autour d'elle avant de poursuivre.

— Je suis à la recherche d'une alternative raffinée à la location de suites d'hôtels.

Bonne idée, en effet, songea Priya. Excellente, même. Elle n'était pas prête à se lancer à grande échelle dès maintenant. Elle ne savait même pas exactement quelle orientation elle prendrait. L'idée de démarrer avec un espace de bureaux partagé lui paraissait fort judicieuse.

— Merci, dit-elle, sincère.

— Oh ! ne me remerciez pas ! fit Arista avec un petit soupir désabusé. C'est le moins que je puisse faire après tous les ennuis que j'ai causés.

Elle pinça les lèvres et détourna un instant les yeux.

— Je suppose qu'Eros vous a déjà raconté le rôle que j'ai joué dans cette histoire ?

— Il y a fait allusion.

— J'aimerais pouvoir m'expliquer moi-même, si vous le voulez bien.

Au départ, c'était elle qui avait poussé Eros à se venger, expliqua Arista. Puis elle parla de la colère ressentie en découvrant ce qu'il avait fait. Elle s'excusa, avant de révéler qu'elle suspectait déjà Vikram de corruption avant d'intervenir, mais n'avait pas réalisé que son intervention entraînerait des conséquences aussi dramatiques. Ni soupçonné l'ampleur de la corruption.

— Eros aurait dû m'en parler, dit tristement Priya. Pourquoi ne m'a-t-il rien dit ? Il aurait pu s'expliquer...

Brusquement, elle repensa à leur douloureux échange sur le trottoir, sous la pluie. Il avait fait allusion à sa mère, mais elle avait été trop blessée pour l'écouter.

— Eros est un homme fier. Il l'a toujours été, répondit Arista avec un haussement d'épaules. J'ai été une mauvaise mère. C'était un enfant d'une extrême sensibilité et moi j'étais une mère égoïste. Je veux réparer mes torts... Je l'ai toujours comparé à Zeus, mais ils ne se ressemblent en rien.

— Non, en effet, acquiesça Priya. Il est tellement plus que ce que tout le monde croit...

— Vous l'aimez, n'est-ce pas ? dit doucement Arista.

Une émotion incontrôlable lui noua la poitrine.

— Oui, je l'aime. Je le sais, maintenant, et j'aurais voulu que tout se passe autrement. Mais c'est peut-être mieux ainsi.

— Je me doutais que vous l'aimiez, mais je n'en étais pas sûre... jusqu'à ce que vous me renvoyiez les papiers du divorce sans les avoir signés.

— C'est impossible. Je me souviens de les avoir signés...

Elle repensa à ce jour-là, se revit assise chez elle et contemplant le nom d'Eros sur le document, avant que les larmes se mettent à couler et qu'elle finisse par s'endormir.

— Je les ai apportés, vous pouvez les signer maintenant, bien sûr - si vous le désirez vraiment.

Quelque chose explosa en Priya. Une chose ressemblant à un immense espoir, là, dans son cœur.

— Si vous me demandez où il est, je ne suis pas censée le savoir, enchaîna Arista.

Elle souleva un anneau auquel était suspendue une clé de voiture et le fit tourner autour d'un long doigt fin.

— Mais si j'étais – j'ai bien dit *si* j'étais – du genre à garder un œil sur mon fils, je vous dirais qu'il s'apprête à quitter le pays pour toujours.

— Pour toujours ? Mais... et Mytikas Holdings ?

— Eros a renoncé à tout cela. Il ne veut plus rien avoir à faire avec l'héritage de Zeus. Il est resté à New York jusqu'à aujourd'hui pour être certain que vous auriez cet immeuble, mais dès qu'il saura que c'est réglé, il s'envolera.

Arista s'avança vers elle et lui posa la clé dans la main.

— Le jet décolle dans vingt minutes. Allez retrouver votre mari.

Eros monta à bord de son jet et s'assit à côté du bar.

La décision de quitter New York n'avait pas été facile à prendre. D'où le besoin d'alcool. S'il n'était pas resté légèrement ivre durant quasiment toute la semaine passée, il aurait sans doute fini par aller retrouver Priya pour la forcer à l'écouter. Mais sa fierté l'en avait empêché. Et puis, elle avait si facilement cru le pire de lui...

Il avait à peine fermé l'œil durant les quelques jours où il avait fait de son mieux pour mettre les choses en ordre avant de quitter définitivement le pays. Au cours de la seule conversation téléphonique tendue échangée avec son frère, il avait failli lui demander comment il vivait son mariage, mais le passé pesait encore trop lourd entre eux. Xander n'avait pas été au courant de la corruption de Vikram, tout comme il n'avait pas su que Priya n'avait pas donné son accord à son oncle. Il avait paru sincèrement regretter que les choses aient aussi mal tourné, mais Eros n'avait pas souhaité s'éterniser et avait vite mis un terme à leur conversation.

Il était pressé de s'éloigner de New York. Le parfum de Priya sur ses draps le hantait. Passer en voiture devant Central Park lui était insupportable. Retourner à Myrtus ou Halki était hors de question. Trop de souvenirs là-bas. Il avait décidé de retourner à Athènes et de se concentrer sur ses affaires, et ensuite de peut-être envisager un développement vers le marché asiatique plus tôt que prévu. Oui, l'Asie serait idéale, songea-t-il en vidant cul sec son verre. Mieux valait mettre des milliers de kilomètres entre lui et Priya Davidson-Khan. C'était plus prudent.

Avait-elle déjà reçu les documents l'autorisant à acheter l'immeuble ? Maintenant qu'il lui avait permis d'accéder à son héritage, elle n'avait plus besoin de lui. Mais il avait voulu la libérer complètement de leur arrangement et espérait qu'après avoir soulagé sa conscience il pourrait avancer et oublier.

Il n'avait pas le choix.

— Qu'attendons-nous ? demanda-t-il au steward.

— La remise de documents importants, monsieur.

— Comment cela ? *Qui* vous a demandé d'attendre ? répliqua Eros en tournant les yeux vers le hublot.

La nuit tombait, il y avait du brouillard, mais il vit des phares se rapprocher à toute allure. Ceux d'une voiture de sport rouge ressemblant à celle de sa mère. *C'était* la voiture d'Arista, réalisa-t-il lorsque la plaque d'immatriculation fut visible. Il poussa un juron étouffé et, les mâchoires serrées, s'avança vers la porte du jet.

Mais lorsque la portière de la voiture s'ouvrit et qu'une silhouette familière aux courbes ravissantes apparut, il la regarda en retenant son souffle. Priya s'avançait vers lui, le vent froid faisant voltiger ses cheveux autour de son visage. Elle portait un pantalon noir et un chemisier blanc, et semblait avoir oublié d'enfiler une veste ou un manteau.

— J'avais peur de ne pas arriver à temps, dit-elle, criant presque pour se faire entendre au-dessus des bruits de l'aéroport. Ta mère m'a dit que tu avais renoncé à tout, que tu ne reviendrais jamais à New York, alors je...

— Pourquoi Arista est-elle allée te voir ? Un problème ?

Elle secoua la tête et se rapprocha du jet.

— Non. Tout est réglé, exactement comme tu l'avais prévu. Merci, Eros.

— Tu as fait tout ce chemin et retardé le décollage de mon jet juste pour me remercier ?

Le silence s'installa entre eux, mais Eros se força à ne pas bouger. Il s'était ridiculisé une fois. Pas deux.

— Arista est venue me dire que j'avais oublié de signer les papiers du divorce.

Elle regarda les documents qu'elle tenait dans une main et s'avança jusqu'au bas des marches, puis leva les yeux et les gravit lentement.

— Elle m'a demandé si je voulais vraiment divorcer.

Eros sentit les effluves de son parfum lui caresser les narines. Elle s'arrêta sur une marche. Ses mains tremblaient, remarqua-t-il. Et son propre cœur lui tambourinait les côtes.

— Que lui as-tu répondu ?

Un petit sourire nerveux passa sur les lèvres de Priya.

— À vrai dire, je crois que je ne lui ai pas répondu. J'ai sauté dans sa voiture et je suis venue ici. Tu avais dit que tu n'irais pas me rechercher... mais je... je ne t'avais pas cru... Et maintenant... tu t'en vas ?

— Priya... Je ne me faisais pas confiance... Je savais que si je restais à proximité de toi...

— Si je n'ai pas signé ces papiers, je crois que c'est parce que je ne supportais pas d'apposer mon nom sur un document qui me briserait encore plus le cœur.

Ses paroles le frappèrent en pleine poitrine.

— Je n'ai jamais voulu te briser le cœur. Si j'avais pu t'éviter de perdre l'entreprise...

— Il ne s'agissait pas seulement de perdre l'entreprise. Je te perdais aussi, dit-elle, les yeux brillants de larmes.

Ce fut plus qu'il n'en put supporter. Eros la rejoignit et la prit dans ses bras avant de la serrer farouchement contre lui.

— Ne pleure pas, murmura-t-il. J'ai essayé de faire au mieux en te laissant seule. Je ne pourrai pas partir si tu pleures. Je ne peux pas le supporter.

— Je ne veux pas que tu me laisses seule, dit-elle en levant les yeux vers lui, des larmes perlant au bord de ses cils. Je suis désolée de m'être laissé aveugler par mes peurs et ma colère et de ne pas avoir compris que c'était ce que tu avais toujours voulu faire, me protéger. Tu as dit que tu étais égoïste, mais... lorsque nous étions ensemble, je me sentais chérie et protégée.

— Priya..., chuchota-t-il en la serrant à l'étouffer. Si quelqu'un doit s'excuser, c'est moi. Je ne mérite pas ton pardon, mais cela ne m'empêche pas de désirer l'obtenir... Et de te désirer comme un fou. Je ne te mérite pas.

— Ne dis pas cela. L'amour, ça ne fonctionne pas comme ça, Eros. Nous le méritons tous les deux, même si nous avons commis des erreurs.

Il s'immobilisa et la repoussa légèrement pour la regarder.

— L'amour ?

— Oui, répondit-elle en soutenant son regard. Tu m'as peut-être enlevée au départ, mais je suis tombée amoureuse de toi librement. Et j'ai eu beau me répéter que tout était terminé entre nous... je n'ai pas cessé de t'aimer.

— Je ne veux pas que tu cesses de m'aimer. Jamais.

Penchant la tête, il l'embrassa avec tout son amour. Seigneur, elle lui avait tellement manqué.

Quand il finit par écarter le visage du sien, il la contempla un instant en silence en caressant ses longs cheveux soyeux.

— J'ai su dès le début que ce que je ressentais pour toi était bien plus qu'une attirance passagère. Mais lorsque nous sommes allés pêcher, et ensuite, à Halki...

Eros secoua la tête.

— J'ai été terrifié. Tu es entrée dans ma vie et tu as fait tomber tous les murs dont je m'étais entouré, et tu m'as rappelé qui j'étais vraiment. Je t'aime tellement que la semaine dernière, quand je pensais à la vie qui m'attendait, sans toi, j'ai cru devenir fou.

Un petit sanglot franchit les lèvres de Priya, puis elle lui offrit sa bouche qu'il prit avec fièvre, presque brutalement.

— Dois-je comprendre que tu es toujours ma femme ? demanda-t-il entre deux baisers. Parce que je suis prêt à recommencer à zéro et à te faire la cour comme il se doit.

Elle le regarda en haussant les sourcils.

— Je pourrais modifier notre contrat et y ajouter une demande en mariage romantique...

— Je propose de finaliser cette négociation dans un endroit un peu plus privé..., lui murmura-t-il à l'oreille.

Puis, sans attendre sa réponse, il souleva sa femme dans ses bras et gravit les quelques marches restantes avant de s'engouffrer dans le jet avec son précieux fardeau.

— On m'enlève à nouveau, monsieur Theodorou ? chuchota Priya.

— Oui, ma chérie, je t'enlève. Pour toujours.

Épilogue

Eros amerrit en douceur et entra lentement dans le port, puis contempla le quai en fronçant les sourcils. Tous ces yachts... Le centre de réadaptation Stavros Theodorou en était à sa deuxième année d'existence, mais Eros avait encore du mal à croire que ses efforts avaient porté leurs fruits.

Il n'avait pas fini d'amarrer l'hydravion qu'il reconnut un bruit de moteur familier. Levant les yeux, il sourit en voyant la jeep s'arrêter et Priya bondir littéralement à terre. Il se précipita à sa rencontre et la reçut dans ses bras.

— Ne nous laisse plus jamais aussi longtemps.

— Promis.

Il la serra contre lui en caressant les courbes délicieuses dont il ne se lassait pas, puis prit sa bouche avec passion.

— Eros ! protesta-t-elle – mais sans lui opposer la moindre résistance. Je... Oh ! tu m'as tellement manqué... J'adore cette île, mais sans toi, ce n'est pas pareil.

— Tu avais de quoi t'occuper, pourtant, fit-il en haussant un sourcil.

Ils échangèrent un sourire entendu. Cela faisait plus de six mois que Priya n'avait pas mis les pieds à New York. Et ce pour une très bonne raison.

— Où est mon autre louve adorée ?

— Elle dort, répondit Priya en souriant. Toute la famille est déjà arrivée, comme tu peux l'imaginer. Ta mère n'a pas quitté sa petite-fille des yeux une seule seconde et elle insiste pour être appelée *giagiá*, maintenant ! Et elle explique à Amara que ça veut dire « grand-mère » sans paraître réaliser que sa petite-fille n'a que cinq mois…

Eros sourit, heureux d'avoir choisi de se rapprocher d'Arista. Cela n'avait pas été facile, mais il avait cru aux remords de sa mère. Et ils avaient répandu ensemble les cendres de Stavros sur l'île, laissant reposer avec elles chagrin et rancune.

— Je ne suis pas encore prêt à te partager, murmura-t-il.

La grossesse et la maternité n'avaient fait qu'augmenter le désir qu'il éprouvait pour sa femme. La regarder porter leur enfant et la mettre au monde avait représenté l'expérience la plus extraordinaire de sa vie. Et durant tout ce temps Priya avait continué à diriger son propre empire, né des cendres de Davidson Khan Financial. Elle s'était fait un nom avec sa petite société de conseil, ainsi qu'avec les élégants espaces bureau partagés qu'elle avait commencé à créer un peu partout dans le monde.

Une étincelle de malice traversa son regard tandis qu'elle tournait les yeux vers l'hydravion.

— Dis donc, nous n'avons pas encore pris le temps de baptiser le tout dernier modèle…

Elle le prit par la main avant de l'entraîner vers l'Aqua Hawk. Eros ne lui demanda pas ce qu'elle avait en tête. Il le savait.

La porte de l'appareil à peine refermée, il fut sur elle. L'instant d'après ils étaient nus tous les deux et elle écartait les jambes pour lui.

— Pas de préliminaires, aujourd'hui ? chuchota-t-il contre ses lèvres.

Il rit doucement en sentant les mains fines lui agripper fermement les hanches.

Mais lorsqu'il s'enfonça dans sa merveilleuse chaleur, Eros cessa de rire et s'immobilisa pour mieux sentir la profondeur du lien qui les unissait. Puis il bougea en elle, lentement d'abord, pour savourer leurs retrouvailles, avant de céder bientôt au désir irrépressible de la faire sienne. De la posséder corps et âme.

Vous avez aimé ce roman ? Découvrez la suite de votre série
« Les anneaux grecs » dès le mois prochain
dans votre collection Azur !